Die Hundeschnauzen

© 2021, Peter S. Fischer
Herstellung und Verlag: BoD – Books on Demand,
Norderstedt
ISBN: 9783755755524

Vorwort:

Ein lauer Sommerabend, viele Hunde sitzen jaulend und hungrig vor einem Holzkohlengrill, der verführerische Duft von gegrilltem Fleisch und Würstchen zieht in ihre empfindlichen Nasen ein. Struppi ein stämmiger kurzbeiniger Mischling läuft mit der Hundedame Lucy, an einem Fluss entlang, beide sind eine undefinierbare Rasse. Frauchen und Herrchen haben sich durch ihre vierbeinigen Lieblinge vor kurzer Zeit kennengelernt. Er fände es lustig bei ihr anzubandeln.

Lucy, ein echter Mischling, mit kurzem Fell, schwarz, weiß, braun gescheckt, ähnlich einer Kuh, etwas korpulent, kurze Beinchen, lange Ohren, ein faltiges Gesicht. Ein liebes Gesicht mit einer langen Schnauze. Einfach eine witzige Erscheinung.

Struppi ebenfalls ein Mischling. Kurze Locken, schwarz, weiß, ist das Fell gescheckt, jede Kuh würde ein Lachkrampf bekommen. Der Körper gleicht der von Lucy, aber etwas länger. Seinen Körper bewegen kurze stämmige Beinchen. Ein echtes Long Vehicle. Die langen Ohren gleichen der von Lucy. Der Kopf ist etwas größer und die Schnauze etwas länger. Ein echt witziger Geselle. Das sind die besten Voraussetzungen für eine lustige Geschichte!

Peter Fischer

Die Hundeschnauzen

Das verrückte Leben einer Hundefamilie

Lektorat bei Elfriede Denk

Wer keine Tiere mag, mag auch keine Menschen!

Peter Fischer

Kapitel 1

Eine nette Unterhaltung

Struppi flüstert Lucy zu: „Schätzchen ist das ein schöner Sommerabend." Sie kontert streng: „Weil du einmal an meinen Arsch gerochen hast, bin ich noch lange nicht dein Schätzchen!" Er erwidert: „Du hast aber so einen schönen Hintern und er riecht so gut."

Der Rüde versucht wieder mit seiner Schnauze an ihr Hinterteil zu kommen, aber Herrchen greift an Frauchens Leine und zieht ihn weg. Ungehalten reagiert der Rüde daraufhin: „Wenn Herrchen wieder auf meinem Frauchen liegt, werde ich ihm die Leine um den Hals legen und ihn genauso wegziehen. So spürt er, wie schön es ist, wenn er eine schöne Frau nur anschauen darf." Sie lacht den armen Rüden aus: „Hihi, mein Herrchen weiß genau, was ich will, meine Ruhe!" Sofort versucht er es noch einmal, umso heftiger reagiert Herrchen und zieht ihn wesentlich strenger zurück. Struppi schaut das Herrchen verärgert an. Der Mann befiehlt ihm: „Du sollst meine Lucy in Ruhe lassen."

Struppi mault ihn verärgert an: „Das werde ich heute Abend zu dir sagen, wenn ihr im Bett liegt, lass mein Frauchen endlich in Ruhe, immer nur ihr bekommt euren Spaß und ich darf nur zuschauen, ich kann dann an eure versauten Sachen schnüffeln, ist doch wahr!"

Er ist sehr deprimiert und läuft mit gesenktem Kopf weiter und ist beleidigt. Lucy versucht daraufhin seinen Begleiter etwas aufzumuntern: „Struppi habe etwas Geduld, vielleicht kommen noch andere Zeiten, du bist ein netter Kerl, aber zu aufdringlich und dazu ein geiler Bock." Er meint: „Wenn ich nur einmal an dich herankomme, bekämst du eine totale Hohlraumversieglung."

Sie schnauzt ihn an: „Du bist, eine geile Sau." Er antwortet: „Mein Schwänzchen ist schon ein geringelt, ich bin schon ruhig." Die junge Hundedame antwortet verärgert: „Kannst du einmal, ein normales Wort reden?"

Der junge Rüde merkt, dass er sie so nicht beeindrucken kann und wird vorsichtiger: „Ich bin eigentlich nicht so, ich finde dich sehr nett und attraktiv, ich will nicht immer zurückgezogen werden." Die junge Dame meint lächelnd: „Wir werden uns bestimmt öfter sehen. Herrchen und Frauchen werden sich fast jeden Tag treffen." Er lästert hinweisend: „Wir dürfen nur bei ihrem Liebesspiel zuschauen." Sie erwidert ganz ruhig: „Struppi nur etwas Geduld es kommen bessere Gelegenheiten."

Der junge Rüde verrät ihr jetzt: „Aber ich habe das Gefühl, dass wir uns etwas länger nicht sehen können. Mein Herrchen muss ein paar Tage nach Berlin, geschäftlich, er muss arbeiten. Wie lange das dauern wird, weiß ich nicht?" Sie fragt: „Warst du schon einmal dort?" „Ja, ist schon sehr lange her, da habe ich an einer Mauer mein elegantes Füßchen gehoben, einen Tag später wurde sie abgerissen", erzählt er.

Sie schaut Struppi kopfschüttelnd an und es kommt nur ein „Blödmann" zurück. Er versichert: „Das war so!" Lucy meint: „Aber nicht deinetwegen." Sie laufen jetzt ruhig nebeneinander her. Herrchen und Frauchen laufen Arm in Arm hinterher.

Herrchen bleibt plötzlich stehen und Struppi mault ihn genervt an: „Was ist jetzt wieder, warum bleiben sie stehen, kann man nicht einmal normal laufen?" Plötzlich erblickt er, dass er sein Frauchen küsst. Struppi bellt ihn zornig an: „Du brauchst Frauchen nicht abschlecken, wenn ich nicht an Lucys Hintern schnüffeln darf!"

Sofort faucht Frauchen ihren Hund an: „Bist du ruhig, was soll das!" Der Rüde nützt die Gelegenheit, als sich die Beiden küssen, doch noch an Lucys Arsch zu schnuppern. Sofort wird der Arme wieder zurückgezogen. Aber er meint: „Hast du einen schönen gut riechenden Hintern." Lucy lächelt: „Du bist und bleibst ein geiler Bock und nützt jede Gelegenheit aus." Wieder will Lucys Herrchen sein Frauchen küssen, da rastet er total aus und bellt die beiden hysterisch an.

Lucy beruhigt ihn: „Lass doch die Beiden sich abschlecken, je öfter sich die Beiden sehen, umso öfter sehen wir uns." Langsam beruhigt sich Struppi und sieht das Herrchen reumütig von unten herauf an. Frauchen fragt ihren Hund: „Ist es jetzt gut?" Er denkt sich: „Gar nichts ist gut, ich will auch mal an meine Hundedame ran und ihr macht, was ihr wollt, ungerechte Welt. Mein Frauchen denkt nur an sich selbst und ich bleibe auf der Strecke."

Lucy schleicht sich gemütlich an Struppi heran und flüstert ihm leise zu: „Vielleicht ist nach dem Berlin-Urlaub alles ganz anders." Er warnt sie: „Pinkel bloß nicht die Mauer an." Lucy fragt vorsichtig: „Du hast erzählt, die wurde abgerissen und ich bin eine Dame und hebe nicht mein hübsches Beinchen" und sieht dabei Struppi entsetzt an. Der Rüde fügt hinzu: „Ich mag Berlin nicht, alles so laut, kaum Bäume, die ich markieren kann, sehr viele Menschen von denen ich nur noch die Füße sehe, alles so hektisch, ich habe mich dort nicht wohlgefühlt."

„Das wird ja toll für mich, so will ich lieber hierbleiben", jammert traurig die Hundedame, „Ich kenne nur ein bisschen Stuttgart, dort wuchs ich als Welpe auf. Ich lebte mit meinen elf Geschwistern etwas außerhalb der Stadt. Meine Mutter war sehr lieb zu uns allen, sie hat sich sehr fürsorglich um uns gekümmert, einer meiner Brüder war ein richtiges Arschloch, er war auch der Größte von uns und so führte er sich auch auf, wie ein Macho. Er drangsalierte uns, überall wo er konnte, am liebsten biss er mir immer wieder in meinen Allerwertesten. Ich hasste das und verjagte ihn immer wieder, aber er war durch seine Größe immer stärker."

Struppi konnte nicht anders und sagt: „Ich würde dir auch am liebsten in deinen runden schönen Arsch beißen, aber ganz, ganz zärtlich und abschlecken." Dann seufzte er: „Ach wäre das schön." Sie sieht ihn zornig an, ihr Maul steht offen und kontert: „Trau dich jetzt ja nicht, ich beiße sonst deine Kügelchen weg." Er schaut sie ganz entsetzt an und sein Kopf senkt sich, bis seine Ohren den Boden berühren und sieht Sie reumütig mit großen Augen an.

Lucy geht ein Grinsen über ihr damenhaftes Gesicht, sie hebt ihre Schnauze stolz in die Luft und redet langsam weiter: „Ansonsten hatte ich alles, was wir brauchten, einen Garten, viele Spielsachen, viele Felder und Wälder, aber mein Herrchen und Frauchen waren eben Schwaben. Wir bekamen sehr viel Käsespatzen zu fressen. Sie waren sehr lecker, ich habe sie sehr gerne gefressen, Käse mag ich, aber bei diesen Käsespatzen hatte ich immer Probleme

bei der Toilette, es zog dabei immer noch
Fäden."

„Ich war noch sehr klein, da wurde ich aus
meiner Familie gerissen, es war mein Herrchen
der mich einfach mit zu sich nahm, damals
hatte er eine andere Frau", erzählt Lucy weiter.
Sie verschwand eines Abends und ich habe sie
nie mehr gesehen.

Am letzten Abend sah ich sie sehr zornig,
bevor sie endgültig verschwand, trat sie
meinem Herrchen kräftig zwischen die Beine,
dass mein armes Herrchen laut aufgeschrien
hat.

Dann war er sehr traurig und hat geweint, ich
habe ihn getröstet, er war sehr lieb zu mir und
hat mich sehr lange gestreichelt. Danach hat er
sehr viel getrunken.

Struppi denkt sich laut: „Hoffentlich schlägt sie
mir nie ihn meine Kügelchen." Lucy warnt
noch einmal: „Wenn es sein muss, beiße ich sie
dir ab."

Seine große Nase ist wieder an ihrem Hintern. Ganz genüsslich riecht er daran. Lucy dreht sofort ihr Hinterteil in eine andere Richtung und mault den armen Rüden an: „Wenn du nicht gleich aufhörst, dann zeige ich dich an, wegen sexueller Nötigung." Dieses Mal hat das Liebespaar nicht aufgepasst und waren mit sich selbst beschäftigt.

Struppi ist über diese Sätze so entsetzt und entschuldigt sich: „Ich will dich nicht unsittlich belästigen." Lucy meint daraufhin: „Ich schnüffle auch nicht unentwegt an deine Glocken herum."

„Ich mache normal sowas nicht, ich mag dich eben", der junge Rüde etwas niedergeschlagen: „Ich habe nur einmal mit meiner rechten Pfote einer nackten Kuh an ihr Euter gefasst, das war alles." Lucy blickt Struppi bei diesen Sätzen ganz entsetzt an.

Kapitel 2

Ein großer Hund

Gerade als das Hundepärchen ihre angeregte Unterhaltung fortführt, kommt ihnen ein stolzer, großer Dobermann entgegen. Schnell haben die zwei den Hund entdeckt, es ist ein Rüde. Stolz hebt er sein Haupt und läuft gemütlich neben seinem Herrn her. Als der stolze Hund sich nähert, beachtet er die beiden kleineren Hunde überhaupt nicht.

Das bringt Struppi so in Rage, das er heftig den großen Hund anbellt und ihn richtig anschnauzt. Lucy kann es nicht lassen und gibt ihren Senf dazu. Der junge Rüde schimpft: „Meinst du, weil du ein wenig größer bist, brauchst du nicht zu grüßen." Der Dobermann schaut zu ihnen herunter und lächelt: „Was soll ich mit euch kleinen Grashüpfern schon reden, ihr könnt ja nicht einmal über die Grasspitzen schauen." Lucy findet das unverschämt, so herablassend über sie zu reden und mault zurück: „Das ist keine schöne Geste über Kleinere so zu reden, das weist auf einen riesigen Körper und ein kleines Hirn hin, ich wusste noch gar nicht, dass eine Luftblase auch denken kann und übrigens, zusammen sind wir auch groß." Die junge Hundedame schnuppert dabei seine großen Glocken ab und wird sofort von seinem Herrchen zurückgezogen.

Jetzt kommt der Dobermann in Rage und fängt richtig böse an zu maulen. Heftig will er auf die Beiden losgehen und sie zurechtweisen: „Was glaubt ihr, wer ihr seid, ich nehme euch zum Frühstück, so eine Frechheit, dass muss ich mir nicht gefallen lassen." Das Herrchen zieht dabei seinen Dobermann weiter. Der Dobermann schreit ihnen nach, ich bin reinrassig, ich habe einen „Von Namen."

Lucy kommentiert sofort zurück: „Von Blöd." Beide schauen ihm hinterher und Struppi erläutert Lucy: „Diese Glocken hätten dich interessiert, aber dein Herrchen hat es auch nicht zugelassen, aber meine sind viel besser, klein aber fein." Lucy hebt stolz ihren Kopf und meint: „Du glaubst doch nicht, dass ich mich mit diesem großen Blödmann eingelassen hätte."

Das hört noch der reinrassige Dobermann und schreit zurück: „Wenn ich meine riesigen Glocken auf deinen gebärfreudigen Hintern lege, dann brichst du zusammen." Lucy lächelt und ruft zurück: „Aber an meinem feinen Hintern kommst du nicht ran." Das ruft Struppi auf den Plan und er schreit frech hinterher: „Aber ich" und streckt seine Nase an ihren Hintern. Lucy faucht ihn sofort an: „Lass das, habe ich das erlaubt!" Der Rüde antwortet: „Ich wollte nur das hirnlose Riesenvieh ärgern." Lucy kontert: „Das kann jeder behaupten."

Sofort bleibt der stolze Dobermann stehen und dreht sich zum Ärgernis des Herrchens um und schaut die Beiden ganz ernst an und überlegt sehr lange. Dann lässt das riesige Tier einen lauten Furz fahren, dass sich sein Herr zu ihm herumdreht und entsetzt zu seinem Tier faucht: „Pfui, das ist ja eklig." Lucy kann jetzt ihr Lachen nicht mehr verbergen und lästert: „Das passt zu ihm, benehmen kann er sich auch nicht." Struppi spottet daraufhin: „Das ist nur ein Ostwind, das ist nie etwas Gutes. Das hört man schon an seinem Dialekt heraus, der kommt vom Nahen Osten."

Selbst das frisch verliebte Paar muss jetzt lachen, wie sie zu hören bekommen. Das selbst an der frischen Luft, sein Herrchen die Nase rümpft und zum weiter laufen ruft. Der Dobermann ruft ihnen noch nach: „Wenn ich euch noch einmal sehe, dann kommt ihr mir nicht mehr so billig davon." „Alles nur leeres Geschwätz, was da rüberkommt", mault Struppi vor sich hin.

Endlich entfernt sich das große dumme Tier. Lucy sagt leise zu ihrem Freund: „Hoffentlich sehen wir den Blödmann nicht mehr." Struppi warnt: „Das könnte auf dem Rückweg unter Umständen passieren." „Bitte nicht, das ertrage ich nicht noch einmal", jammert Lucy.

Dann spitzen beide ihre langen Ohren, als sie hören, wie sich die Beiden unterhalten. Ihre Köpfe richten sich auf Frauchen und Herrchen und sie unterhalten sich, über sie. Als ich letztes Mal beim Tierarzt war, erzählt Frauchen: „Mit Struppi, das war so peinlich, er hat am ganzen Körper gezittert, jeder Knochen hat geklappert und auch das noch, obwohl wir genügend vor dem Arzttermin gelaufen waren. Hat Struppi eine große Pfütze in die Praxis gepinkelt, gefurzt hat er auch noch, dass die ganze Praxis gestunken hat und die Schwester das Fenster öffnen musste. Ich wäre am liebsten im Boden versunken, so geschämt habe ich mich." Das Herrchen muss herzhaft laut lachen und meint: „Wenn man Tiere hat, gibt es immer etwas zu erzählen und zu lachen."

 Lucy lacht jetzt Struppi aus und witzelt: „Vielleicht hättest du vorher eine Windel anziehen sollen, du bist immer ein kleines Schweinchen." Er lamentiert: „Frauchen hat mir in der Früh etwas zu fressen gegeben, darauf bekam ich immense Blähungen und wie mir die Schwester das Thermometer in den Hintern steckte, passierte es. Der Arzt ging mit mir um, als wäre er ein Metzger. Ich hatte Todesangst, ich dachte mir, er will mich als Hartwurst verarbeiten." „Die wäre bestimmt ungenießbar gewesen", lästert Lucy.

 Struppi sieht sie jetzt mit großen Augen an und kontert: „Komm, du hättest mich mit Haut und Haaren gefressen und hinuntergeschlungen, du bist doch keine Kostverächterin." „Willst du, damit sagen, ich bin Fett", schluchzt Lucy jetzt sehr verletzt. „Nein, so habe ich es nicht gemeint, du gefällst mir, du hast immer eine gute Figur", versucht Struppi zu beschwichtigen. „Dass was du gesagt hast, das sagt alles", meint sie sehr beleidigt: „Aber egal was du sagst, ich fühle mich so wohl."

Aber die beiden frisch verliebten lästern immerzu über ihre Hunde und jetzt erzählt Herrchen über Lucy eine Geschichte. Diesmal hebt Struppi seinen langen Hundeschädel und grinst über das ganze Gesicht, denn es wird nicht über ihn gelästert!

Herrchen erzählt von Lucy: „Was glaubst du, dass sich Lucy besser verhält bei einem Tierarztbesuch, das kann man wirklich nicht behaupten. Letztes Mal, als wir dort waren, machte Sie schon im Wartezimmer ein großes Gezeter, dass alle anderen Tiere ganz verstört waren. Immer wieder wollte die Dame davonrennen, keine Minute saß sie ruhig. Fix und fertig kam ich mit der Nervensäge ins Sprechzimmer. Hier bellte und knurrte sie den Arzt an und fletschte die Zähne, dass sie Schaum vor ihrem Maul hatte. Der Tierarzt zeigte aber keinen Respekt vor meiner Zicke."

Er schnauft tief durch und erzählt weiter:
„Meine Lucy hatte schon einige Tage Husten
und Schnupfen, ich wollte sie untersuchen
lassen. Ich hob sie auf den Untersuchungstisch.
Lucy wollte sofort wieder herunterspringen. Ich
musste Sie ununterbrochen festhalten. Als der
Mann mit dem Fieberthermometer kam.
Entkam mir die Zicke, dann biss sie in das
Thermometer, das es zerbrach und biss danach
dem Tierarzt in den Finger, dass er blutete.
Danach saß Lucy wie versteinert auf dem Tisch,
sie war so steif, ich hätte sie im
Wachsfigurenkabinett ausstellen können. Erst
als sie am Boden war, bewegte sie sich wieder.
Somit war die Untersuchung beendet und er gab
für den Husten ein paar Tabletten mit. Da ich
keine Hundehaftpflicht habe, wurde die
Untersuchung sehr teuer, ich konnte somit dem
leichtverletzten Tierarzt 200 Euro bezahlen,
obwohl er Lucy nicht behandelt hatte."

Struppi lacht sich über diese Geschichte kaputt,
er kann sich nicht mehr beruhigen. Er legte sich
auf den Rücken und strampelte mit allen Vieren
und schrie vor Lachen. Lucy schaut ihn dabei
verlegen mit großen Augen an. Sie wäre am

liebsten einfach davongerannt, sie kann die Erzählung ihres Herrchens nicht mehr hören.

Aber er hört nicht auf und erzählt unverdrossen weiter: „Ich war wütend vom Tierarztbesuch, aber daheim ging es weiter. Ich wollte der Dame gleich eine der Tabletten geben. Sie drehte immer wieder den Kopf weg. Ich hielt ihr den Kopf fest, dann wollte ich ihr das Maul aufmachen und die Tablette in den Rachen stecken. Dabei biss sie mir in die Hand. Ein Verletzter reichte ja nicht. Das tat ganz schön weh. Dann kam mir eine andere Idee, ich zerkleinerte die Tablette und mischte sie in eine Leberwurst und gab sie ihr so zu fressen."

Er grinst kurz und fuhr mit der Geschichte fort: „Aber was machte die Madame, sie trug das kleine Stück Leberwurst hinaus und verteilte sie im Garten. Der Rasen bekam keinen Husten mehr und war jetzt kerngesund. Was soll ich bloß mit diesem weiblichen Kampfhund machen, irgendwann muss ich mit ihr wieder zum Tierarzt?" Seine Freundin meint daraufhin: „Vielleicht solltest du ihr vorher eine Beruhigungstablette geben." „Damit der Rasen ruhiggestellt wird", lästert Herrchen.

Nach kurzer Zeit beruhigt sich Struppi wieder und die beiden sprechen mutig auf. Aber Lucy schämt sich erst mit ihrer Geschichte.

Struppi versucht sie zu beruhigen und spricht mutig auf: „Die meisten Menschen wissen doch gar nicht, was wir Hunde durchmachen, wenn sie uns zu einem Tierarzt zerren. Ich hätte meinem Tierarzt am liebsten in den Schwanz gebissen, wenn er einen gehabt hätte." „Bist du dir da so sicher, dass du dort hinkommst?", lästert Lucy etwas skeptisch und sieht ihn dabei so an. „Ich wollte ihn nur in den Arsch beißen, damit er mich in Ruhe lässt", sagt sie daraufhin arrogant und läuft jetzt weiter.

Struppi läuft mit und spricht auf: „Wir müssen uns etwas einfallen lassen, dass sie uns in Zukunft, mit dem scheiß Tierarzt in Ruhe lassen." Lucy antwortet: „Wir brauchen aber zwischen durch einen Arzt, aber keinen Hundemetzger!" Struppi erklärt: „Dann müssen wir es hinbekommen, dass sie zu einem gehen, der mit uns umgehen kann und uns versteht."

Plötzlich sagt Lucy entsetzt: „Schau mal, wer da kommt, unser riesiger kastrierter Ochse." Struppi schaut zu ihm und meint: „Ein Ochse würde bestimmt eleganter Laufen." Lucy hört nicht auf zu lästern: „Bei ihm ist das bisschen Hirn bestimmt nicht, wo es hingehört." Ihr Freund will auch noch punkten: „Wenn überhaupt eins da ist, ich glaube nicht, dass ein Metzger eines finden würde." Lucy meint: „Dem Ochsen zeigen wir es, das Monstrum beachten wir überhaupt nicht."

Ganz stolz kommt der Dobermann ihnen entgegen und hebt seinen riesigen Schädel. Sofort bellt der große Hund sie wütend an und beleidigt die Beiden: „Na ihr Beiden undefinierbaren Viecher, jetzt gehört ihr mir, ich mache Hackfleisch aus euch." Lucy senkt ihren Kopf und flüstert laut heranlassend zu ihrem Freund: „Was schreit das Vieh so unverschämt, der hat wirklich keine Erziehung." Struppi antwortet: „Das ist hirnloses Geschwätz, er hat keine Manieren." Die Beiden lassen sich nicht provozieren und laufen ohne einen Blick zu riskieren vorbei.

Das ärgert den Dobermann, umso lauter und wilder bellt er sie an. Sein Herrchen hat große Mühe den kräftigen und wilden Kerl zu zähmen. Zornig zieht er ihn zu sich, schimpft ihn aus und fügt ihn mit der Leine zurecht. Er kann es nicht verstehen, dass sein Hund dermaßen ausrastet. Zwei kleine Hunde, die ihn derartig in Rage bringen und seine gute Erziehung vergessen lässt. Lucy und Struppi grinsen frech vor sich hin und sagen, das hat er verdient.

Sie beginnt ein belangloses Gespräch: „Struppi ich wollte dich schon lange etwas fragen, wenn ich dich so anschaue." Er fragt sofort zurück: „Was wolltest du mich fragen, das kann bestimmt nichts Gutes sein." „Ich will dich nur fragen, ob du schon jemals in Japan warst?" sprudelt es aus ihr heraus. „Was hat mein Aussehen mit Japan zu tun?", fragt Struppi. Lucy meint daraufhin: „Ich habe mir nur gedacht, wenn ich dich so anschaue, glaube ich, dass du einen Kugelfisch verschluckt hast."

Er meint daraufhin kleinlaut: „Ich habe mit Japan und Fisch nichts am Hut. Letztes Mal, als mein Frauchen dein Herrchen mitgenommen hat, leider hat er dich nicht mitgenommen, war später so ein komischer Gummi herumgelegen, der hat so komisch gerochen und ich habe ihn genau untersucht, du wirst es nicht glauben, ich habe ihn versehentlich verschluckt und der hat sich dann in meinem Bauch aufgeblasen. Ich habe seit diesem Zeitpunkt auch Probleme mit Blähungen."

Lucy ist jetzt in ihrem Temperament und kann vieles so einfach daher plaudern: „Wenn ich jetzt dann nach Hause komme, würde ich zu gerne mal wieder einen richtigen Ochsenschwanz durchkauen, aber es ist bestimmt keiner zu Hause, wenn ich Geld hätte, würde ich gleich in eine Zoohandlung stürmen und einen einkaufen und nicht mehr aufhören zu kauen, bis er vollkommen in meinem Magen ist."

Struppi sieht seine Begleiterin ganz entsetzt an und fragt: „Das würdest du wirklich tun. Dann ist dein Bauch aber ziemlich tiefer gelegt." „Hast schon mal Geld gehabt?", fragt sie Schwanz wedelnd.

Struppi sieht dabei traurig in den Boden und erzählt kleinlaut: „Nein, woher soll ich das besitzen, ich hatte nur mal von meiner Herrin den blauen Ledergeldbeutel im Maul, es müssen auch ein paar Scheine drin gewesen sein, darum war sie wahrscheinlich auch so sauer auf mich, den habe ich total zerkaut, besser gesagt ich habe in komplett gefressen.

Drei Tage lang hatte ich einen blauen Stuhlgang. Es war bestimmt ein sehr wertvoller morgendlicher Stuhlgang. Mein Frauchen war immer noch sehr wütend auf mich."

Sie schaut ihn sehr interessiert an und fragt: „Warum hast du einen blauen Stuhlgang gehabt." Er meint dabei so beiläufig: „Ich wollte nur etwas Farbe in die gleiche Scheiße bringen." Lucy fragt sofort ihren Freund: „Habt ihr vielleicht einen roten Geldbeutel herumliegen, ich mag die Farbe Rot." Struppi

sieht seine Freundin ganz entsetzt an und sagt:
„Wie kommst du auf die Idee?"

 Sein Blick geht dabei über ihren Bauch und
fragt: „Hast du eine Zecke am Bauch, das sieht
so aus." „Ja, das war mal eine, jetzt ist es mein
neues Piercing, das sieht doch geil aus oder
nicht." Struppi kann es nicht glauben und sagt:
„Kannst du dich mal auf den Rücken legen,
dass ich das mal genauer anschauen kann?" Sie
lächelt um ihre lange Schnauze und scherzt:
„Nein, nein mein Freund, das hättest du gerne",
und schwänzelt dabei mit ihrem breiten
Hintern. Struppi: „Ich wollte doch nur dein
neues Piercing untersuchen." Lucy antwortet
darauf resolut: „Das kann jeder sagen, ich traue
dir noch nicht, vielleicht einmal später oder hast
du noch weitere solcher Ideen?" Er wird gleich
wieder sehr temperamentvoll und hängt dabei
gleich seine Zunge heraus und erwidert ganz
laut: „Viele, sehr viele Ideen!"

 Sofort versucht er wieder, mit seiner Nase an
ihren Hintern zu gehen. Lucy schreit sofort zu
ihm: „Das habe ich mir doch gedacht, ich
wusste es, dass du ein kleines Schwein bist."
Sofort kommt ein lauter Schrei von seinem

Frauchen: „Lass das Struppi", und wird kräftig
zurückgezogen. Der junge Rüde schnauzt sofort
zurück: „Lass das, das werde ich auch mal in
der Nacht schreien, wenn Herrchen und
Frauchen zusammen ins Bett gehen, nichts darf
man machen, ich bin eine arme Sau und kein
Hund!" Lucy lacht sich halb kaputt über ihren
Freund.

Er meutert weiter: „Ich darf nur immer an den
gebrauchten Gummis lecken, sonst nichts, einen
habe ich immer noch im Magen." Lucy lästert:
„Deswegen brauchst du dich nicht so aufregen,
du bekommst doch wegen eines gebrauchten
Gummis keine Kinder." Struppi sieht jetzt ganz
verwirrt seine Begleiterin an und fragt: „Den
Bauch habe ich schon Mal. Bin ich deswegen
Sexuell abnormal?" „Ich weiß nicht, vielleicht
weil du auf Gummi stehst?", fragt sie
vorsichtig. Er will sich verteidigen und meint
dazu: „Ich habe ihn doch nur verschluckt." Sie
sieht ihn jetzt sehr erst an und sagt mit ernster
tiefer Stimme: „Genau das macht die Sache
noch perverser." Er merkt, dass er sich wo
hineingeredet hat und weiß nicht mehr, wie er
aus der Angelegenheit herauskommt. Er will

doch nur beweisen, dass er ein ganz normaler Hundemann ist.

Verlegen erklärt er seiner Begleiterin: „Ich steh nicht auf Gummi, es war einfach neu für mich, so ist es halt passiert. Ich muss mich deshalb nicht komplett mit Latex anziehen, das wäre schlimm für mich, mit meinen kurzen Beinen und den stämmigen Körper in einem aalglatten Anzug, ich würde mir vorkommen wie eine zusammengepresste Mettwurst." Er bekommt wieder Oberwasser und riecht seine Gelegenheit, gleich richtet sich seine Nase wieder an das geliebte Teil, aber Struppis Herrin passt genau auf.

Lucy lacht dabei: „Bei uns ist es so, dazu gehören nicht nur zwei dazu, sondern vier!" „Scheiße", kommt es von ihm. Sie meint aber jetzt etwas ungehalten: „Struppi ich mag dich irgendwie, aber manchmal wäre mir eine Zecke am Arsch lieber, wie deine dumme Schnauze, dann hätte ich wenigstens eine neues Piercing und das gibt irgendwann Ruhe." Jetzt ist Struppi ein wenig verlegen und er weiß, das er zu weit gegangen ist, er weiß nicht mehr, wie er das wieder gut machen soll.

Er sucht am Weg etwas zu erschnüffeln, um Zeit zu gewinnen. Lucy trottet aber mit gehobenen Kopf stolz weiter. Sie sagt aber trotzdem zu ihm: „Du brauchst nicht abzulenken, du bist einfach nur ein geiler Bock."

Plötzlich bemerken die Beiden, das ihre Herrchen wieder nach Hause gehen wollen und auch in diese Richtung schlendern. Er fragt dabei seine junge Begleiterin: „In welche Wohnung werden die beiden wohl gehen?" Sie erwidert wissend: „Bestimmt wieder zu Frauchen, dann habe ich bestimmt wieder meine Ruhe."

Struppi lamentiert darauf resigniert: „Dann kann ich bestimmt wieder Gummis schnüffeln." Sie lacht und weist darauf hin: „Aber nicht wieder fressen, sonst bekommst du bloß schreckliche Blähungen."

Kapitel 3

Der nächste Tag

Am nächsten Tag, in aller Frühe holt Herrchen Lucy zum Gassi gehen ab, Lucy die Dame schläft noch und mault sofort los, als sie geweckt wird: „Kann ich meinen Schönheitsschlaf nicht einmal etwas länger genießen, jetzt sehe ich bestimmt den geilen Bock Struppi wieder, der labert mich bestimmt mit dummem Zeug voll."

So ist es auch, Frauchen und Struppi stehen schon vor der Eingangstür und das Frauchen ist heute nicht so guter Laune. Er steht schon mit heraushängender Zunge da und überfällt Lucy überschwänglich. Sie meint: „Langsam wir haben uns nur eine Nacht nicht gesehen, an mir hat sich nichts geändert, nur das ich noch sehr müde bin.

Also langsam bitte, war diese Ruhe schön, mal wieder alleine zu sein." Struppi meint: „Es wäre aber auch schön gewesen, wenn du in meinem Körbchen geschlafen hättest." Lucy mault angestrengt: „Mit dir hätte ich bestimmt kein

Auge zugebracht, aber kannst du mir erzählen, warum Frauchen so schlechter Laune ist?" Struppi erklärt: „Die Laune hat eigentlich erst in der Früh nach dem Aufstehen begonnen. Sie hat zu ihm gerufen, sie will gleich eine Morgenlatte!" Er stellte sich gleich mit heruntergelassener Unterhose zu ihr und witzelte: „Das kannst du sofort haben" und wollte sie gleich umarmen und erneut zum Bett ziehen.

Sie schrie ihn daraufhin an und drängte ihn verärgert auf die Seite: „Du hast doch immer das Gleiche im Kopf, ich will eine Latte mit Kaffee und Milchschaum und nichts Anderes." „Danach war die Stimmung in der Wohnung gekippt und hat sich bis jetzt noch nicht beruhigt, Herrchen ist kurz darauf gegangen und hat dich geholt", erzählt er fertig. Sie lächelt und flüstert: „Du und Herrchen ihr passt super zusammen."

Frauchen und Herrchen ziehen diesmal in eine andere Richtung der Wertach entlang, so kommen sie an einen Stacheldrahtzaun vorbei. Da lacht Lucy auf einmal und sagt: „Wollen wir nicht mal Hannibal spielen." Er fragt verwundert: „Was ist das für ein komisches Spiel." Sie erklärt: „Ganz einfach, du brauchst nur über den Stacheldrahtzaun springen, der Hanni ist dann drüben und der Ball hängt am Zaun. Wenn, man überhaupt von Bällen sprechen kann, ich weiß nicht, vielleicht kann man nur Murmeln damit spielen?" Struppi ist jetzt ein wenig beleidigt und erwidert kleinlaut: „Wenn du mich richtig kennenlernst, dann würdest du anders über mich reden, das schöne Wetter macht mich auch richtig geil, ich laufe schon auf fünf Füssen!" Lucy sagt jetzt etwas gereizt: „Du kapierst nichts, springe doch endlich über den Zaun, dann habe ich endlich meine Ruhe vor dir, mit dem Arsch herumschnüffeln und deine Murmeln schmeiße ich in die Wertach, da sind sie besser aufgehoben."

 Struppi ist jetzt verwirrt und kann nicht glauben, was er von seiner Freundin zu hören bekommt und fragt sie: „Das würdest du wirklich tun?" Sie mault: „Wenn du so weitermachst, würde ich es mit Sicherheit durchziehen."

Er fragt seine Freundin ganz vorsichtig: „Hast du wieder etwas von Berlin gehört." Lucy sieht ihn fragend an und erwidert: „Bei dir waren sie doch die ganze Nacht, wenn dann hättest du doch eher etwas erfahren, ich habe kein Wort mehr davon gehört." Struppi sagt lächelnd zu ihr: „Hinter uns ist auch gerade große Funkstille, sie reden kaum ein Wort miteinander." „Das wird am Abend bestimmt anders, die werden sich schon wieder vertragen", flüstert sie.

Dann stoppt das Pärchen und sie meint zu ihrem Freund: „Ich will nicht unentwegt nur das Sexobjekt sein, sondern wie eine Frau behandelt werden." Er verteidigt sich: „Ich wollte doch nur Spaß machen, ich war mehr als gut aufgelegt und habe mir nichts dabei gedacht, was ich gesagt habe." „Nächstes Mal musst du dir eben überlegen, was du so von dir gibst", erwidert sie und stellt sich vor ihm hin. Er nimmt sie ihn den Arm und entschuldigt sich und küsst sie sehr lange. Lucy flüstert jetzt kess: „Siehst du, sie vertragen sich schon wieder." Struppi seufzt daraufhin: „Dann wird es bestimmt wieder eine lange Nacht." Er will sofort genervt weiterlaufen und zieht an der Leine.

Frauchen ruft ihren Hund zu sich: „Langsam Struppi." Lucy erklärt ihm: „Führe dich anständig auf, dann bin ich auch netter zu dir." Er sieht sie jetzt vorsichtig an und flüstert vorsichtig: „Entschuldigung, ich werde mir größte Mühe geben, ich bin halt auch nur ein Rüde." Lucy erwidert etwas streng: „Aber deswegen kann man auch ein Gentleman sein?"

Er fühlt sich ein wenig unter Druck gesetzt und antwortet: „Ich kann mich doch nicht von einer Minute auf die andere total verändern?" „Das verlangt doch niemand, du sollst doch nur eine Frau ein bisschen respektieren und auf sie besser eingehen", verlangt die Hundedame. „Ich werde es versuchen, aber verlange nicht gleich zu viel", kommt es im selben Moment von ihm zurück, sein Kopf ist fast bis zur Erde gesunken und er ist etwas deprimiert. Lucy jubelt begeistert: „Kopf hoch Struppi, du schaffst es, ich weiß es!"

Struppi fragt jetzt seine Freundin: „Magst du Babys?" Sie antwortet prompt: „Ja, sehr viele, ich möchte mindestens 20 Kinder haben." Sein Kopf senkt sich noch ein Stück und antwortet: „So viele, Kinder ist okay, aber doch keine 20?" Lucy erklärt: „Aber doch nicht auf einmal." „Trotzdem ist es eine Menge", erwähnt Struppi: „Ich glaube, ich muss dann irgendwann mit Frauchen ein ernstes Wort reden und mich dann Kastrieren lassen oder eine Pille nehmen?"

Lucy fragt sofort: „Wovon redest du, so weit sind wir noch nicht, bist du dir überhaupt sicher, dass du einmal Vater meiner Kinder sein wirst?" Er kontert sofort: „Ja da bin ich mir ziemlich sicher, dass es irgendwann so weit sein wird, ich schaffe das!" Lucy meint daraufhin: „Da bin ich mir noch nicht so sicher?"

Lucy und Struppi laufen langsam weiter und unterhalten sich, Herrchen und Frauchen sind jetzt gut gelaunt. Ihr Freund ist nervös geworden, alle paar Meter markiert er die Sträucher und Bäume. Lucy sieht ihm zu und fragt: „Bist du ein Auslaufmodell geworden?" Struppi sieht seine Freundin jetzt komisch an und fragt: „Wieso soll ich ein Auslaufmodell

sein?" „Weil du ununterbrochen pinkelst",
erwidert Lucy. „Ich laufe doch nicht aus, ich
will nur markieren, denn der große Dobermann
war wieder unterwegs", sagt er entsetzt. Sie
fragt: „Der komische Riesenochse, da muss, ich
mich gleich hinsetzten und markieren. Denn
seine eklige Duftmarke muss sofort vernichtet
werden."

 Struppi kontert jetzt: „Sag nicht mehr, dass ich
ein Auslaufmodell bin, meine Rasse wird es
noch lange geben." Die Dame erwidert jetzt
etwas genervt: „Ich meine du bist ausgelaufen,
beim Pinkeln, weil du nervös geworden bist."
Struppi abwehrend: „Ich bin überhaupt nicht
nervös." Sie meint lachend: „Ich habe aber
gesehen, dass dein fünfter Fuß gezittert hat." Er
verteidigt sich gelassen: „Er war nur etwas
erregt, da zittert er immer so."

 Lucy lacht und fragt: „Wolltest du vielleicht
die Büsche befruchten, ich kann mir nicht
vorstellen, dass jetzt Hunde an Bäumen
wachsen?" Jetzt wurde der arme Rüde sehr
verlegen und weiß nicht mehr was er erwidern
soll. Wieder geht sein Schädel mit den langen
Ohren sehr tief zu Boden. Lucy hört nicht mehr

auf und spottet sofort weiter: „Hattest du gemeint, das deine Welpen über den Wind befruchtet werden und dass es dann Windhunde werden. Das wirst du bestimmt so nicht schaffen." Struppi sieht immer genervter aus und er würde jetzt am liebsten davonlaufen. Er schämt sich jetzt sehr und denkt, muss sie das ausgerechnet bemerken. Lucy kann nicht mehr aufhören und muss ihn weiter hochnehmen und richtig verarschen nach Strich und Faden. Wenn das Markieren sein soll und jeder Rüde so seine Duftmarken setzt, dann hätten wir bald nur noch einen weißen verklebten Wald, die Früchte tragen die bellen.

Struppi wirkt noch genervter und kann Lucy gar nicht mehr anschauen. Ihr hingegen scheint es großen Spaß zu bereiten ihren männlichen Begleiter zu ärgern. Jetzt macht es Struppi keinen Spaß mehr weiter zu markieren. So meint sie glatt: „Ist dir schon der Saft ausgegangen, wie willst du dann 20 Kinder zusammenbringen." Jetzt wird Struppi sogar ein wenig zornig und schnauzt beleidigt: „Ich kann dich schon noch bestäuben, das werden bestimmt gleich 20 Welpen." Lucy lacht und witzelt: „Du hast schon alles in den Wind geschossen, mit Windeiern kann ich nichts anfangen. Wenn wir wirklich irgendwann zusammen sein wollen, soll ich dann in den Wald gehen und Eier suchen gehen. Damit ich Mal Nachwuchs bekommen kann. Du kannst doch deine Kinder nicht so einfach herrenlos in der Wildnis aussetzen, was für ein Raben-Vater bist du?" Struppi lacht und will überzeugen: „Für deine 20 Kinder habe ich noch immer genügend übrig, wollen wir es heute Nacht versuchen!"

Lucy warnt ihren Begleiter: „Du Schnellschießer, habe du ein bisschen Geduld, sonst landest du noch in der Wertach, da schwimmen dann deine Fischchen hinunter, vielleicht wären sie als Kaulquappen besser geeignet!" Struppi ist geschockt, er bringt keinen Ton mehr heraus.

Jetzt kommt ein Mann entgegen der einen Reh-Pinscher an der Leine führt. Der wesentlich kleiner ist, als die beiden Mischlinge. Gleich von weitem fängt das kleine Tier zu kläffen an. Lucy schimpft: „So sind die Kleinen, kleiner Körper, große Klappe." Struppi ruft zu den Kleinen: „Wir tun dir schon nichts, wir haben schon gut gefrühstückt." Der Kleine fühlt sich an der Leine aber superstark und mault: „Ich habe aber keine Angst vor so missratenen Mischlingen, seht euch doch an, mit euren kleinen krummen Beinen könnt ihr nicht einmal richtig laufen. Eure Schnauze braucht ihr nicht in den Dreck zu stecken, sie liegt so tief, dass ihr immer im Dreck schnüffelt, euer fetter Bauch liegt ja schon am Boden auf, könnt ihr überhaupt noch umfallen?"

Struppi ist so und so schlecht gelaunt und will sich den kleinen Pinscher sofort schnappen und zurechtweisen. Aber sein Frauchen zieht den beleidigten Rüden, sofort zu sich her und schimpft: „Kannst du dich nicht einmal zurückhalten, ruhig jetzt, bist du jetzt ein braver Hund."

Struppi mault zurück: „Diesem Kleinen gehört es aber mal richtig gezeigt, dass man mit uns nicht so umgehen darf." Der Kleine hört aber nicht auf, sie weiter anzuschnauzen. Der Herr muss den Kleinen jetzt zu sich heranziehen und zurechtweisen.

Dieser führt sich jetzt richtig auf und schnauzt weiter die beiden Mischlinge an: „Eure Mutter hat es doch mit jeder Rasse getrieben, schaut doch mal in Spiegel! In euch sind doch bestimmt hunderte von Rassen. Pfui, keine Rassen Ehre, ihr habt doch überhaupt keinen Stolz, sämtlich Rassen dieser Erde sind in euch vertreten. Ihr seid doch keine Hunde nur irgendetwas wild zusammen gemixtes Fleisch."

In Lucy kommt jetzt auch Wut hoch und schluckt erst Mal das gehörte hinunter, dann kommt es aus ihr heraus: „Lieber ein guter Mischling sein, als so ein kopfkranker Inzucht Hund, der sich nicht benehmen kann." Jetzt kläfft der Kleine noch mehr: „Ich bin aus einer der edelsten Rassen heraus geboren, ich habe ein „Von" in der Geburtsurkunde."

Struppi ist jetzt voller Hass und schreit jetzt richtig hinaus und würde am liebsten den Kleinen richtig in den Arsch beißen: „Aber dein Gehirn haben sie vergessen beim Zeugen, dann müsstest du wissen, dass wir alle nur Hunde sind, Mischlinge wissen sich oft besser zu benehmen, als edle Herrn." Der Herr zieht jetzt seinen vornehmen kleinen Pinscher weiter, der

sich absolut nicht mehr beruhigen will und
immer noch weiter kläfft.

Herrchen und Frauchen ziehen ihre beiden
beleidigten Mischlinge weiter. Lucy kläfft jetzt
zu ihrem Freund: „Dieser kleine Rotzlöffel
wollte uns glatt beleidigen und uns angreifen."
Struppi meint jetzt ganz ruhig: „Das hätte er
doch nie geschafft, ich bin doch auch noch da,
wenn mich Frauchen nur gelassen hätte, dann
würde der kleine Pinscher noch einige Stunden
seine Wunden lecken und in Zukunft sein
vorlautes Maul halten!"

Die beiden Mischlinge schreiten jetzt stolz
voran. Die beiden Besitzer schimpfen hinter
ihnen über sie, das Herrchen schimpft: „Das
sich die beiden immer so aufführen müssen.
Kein einziges Mal kann man mit ihnen in Ruhe
spazieren gehen."

Struppi sagt daraufhin zu seiner Freundin:
„Unsere Leute motzen schon wieder über uns,
können die es einfach nicht verstehen, dass wir
uns nicht alles gefallen lassen wollen." Lucy
lacht und erklärt wissend: „Das sind eben nur
Menschen, die verstehen uns Hunde nicht, wir

sollen nur das machen, was sie wollen, immer nur brav sein, das ist sehr langweilig!" Er fügt hinzu: „Immer nur gemütlich, langweilig an der Leine laufen, wir sind doch keine Gefangene." Lucy bestätigt: „Aber wir laufen doch nicht davon oder ich würde sagen, so gut wie nie." Struppi schimpft: „Die beiden kapieren doch nichts, eben das sind Menschen, wir könnten es doch so schön haben." Er überlegt kurz und spricht weiter: „Aber Zuhause klappt wenigstens einiges, das schöne weiche Körbchen oder Sofa an der Heizung und Futter steht auch immer da."

 Lucy lacht und mosert weiter: „Von wegen gutes Fressen, immer das gleiche Dosenfutter und das alte Trockenfutter, das würde ich den beiden auch Mal jeden Tag in ihrem Teller servieren. Ich möchte ihr Gesicht beim Abendessen sehen? Das Futter soll ihnen zwischen den Zähnen stecken bleiben. Kotzen sollen sie darauf. Ich habe mich mal mit dem Schäferhund ganz hinten bei der Gärtnerei unterhalten. Den kennst du schon, der immer in seiner Hütte liegt und so viel furzt. Seine Familie kochen ihm fast jeden Tag etwas Feines oder er bekommt einen Apfel, im Sommer bekommt er zwischendurch auch mal eine Kugel Eis. Er bekommt gebratene Leber, Hühnchen Herzen, Hühnerklein. Auch mal etwas vom Grill, Würstchen." Lucy verdreht die Augen, als sie das erzählt und fängt an zu schwärmen. Dann wird ihre Stimme wieder böse: „Und was bekommen wir? Altes Dosen und Trockenfutter." Struppi lacht dabei und meint: „Vielleicht muss er deshalb so viel pupsen und hat einen schlechten Darm?"

Lucy schnauzt daraufhin böse: „Lieber furze ich und mein Magen ist mit feinem Fressen voll." Ihr vierbeiniger Begleiter erwähnt: „Verhungert siehst du auch nicht gerade aus oder willst du sagen, dass du am Hungertuch nagst?"

Lucy singt jetzt fast und das was sie sagt im hohen Ton: „Aber immer dasselbe, absolut keine Abwechslung, ich beneide absolut den Schäferhund, auch einen großen Garten hat er. Er kann immer draußen herumlaufen. Dieser kann immer machen, was er will. Er kann in sein Haus hinaus und hineinlaufen wann er will, er ist der absolute Prinz der Familie. Der hat es richtig schön. Wenn ich es nur ein paar Tage, so

schön hätte wie dieser Schäferhund." Struppi
erwidert darauf: „Du bist halt kein Schäferhund
und kein Wachhund. Du bist eben wie ich, halt
ein kleiner Mischling ein Wohnungshund."

Lucy schimpft weiter: „Was soll das heißen,
das ich nicht so viel wert bin, wie der große
verfressene Garten Streuner." Struppi lacht jetzt
und beschwichtigt: „Das nicht, aber wir haben
ein Zuhause. Wie viele unserer Artgenossen
haben kein richtiges Zuhause und müssen auf
der Straße leben oder in einem Tierheim?"

Lucy antwortet: „Wenn unsere Herrschaften in
die Arbeit gehen, sind wir auch eine Ewigkeit
alleine, fast den ganzen Tag, wir sind dann ewig
eingesperrt und wenn wir pinkeln müssen,
können wir es den ganzen Tag verhalten. Ihre
gute Stube dürfen wir auch nicht beschmutzen,
sonst sind wir Böse und nicht stubenrein! In der
Früh mal kurz hinausgehen und schnell alles
machen.

Wenn, sie nach Hause kommen und wir es
schon kaum mehr verhalten können. Dann geht
man auch schnell ein paar Minuten hinaus.
Dann wird das hässliche Fressen hingestellt."

Dann wirst du kurz gestreichelt und zu dir wird gesagt: „Warst du ein braver Hund!" Später wird dann allerdings länger hinausgegangen und das bei jedem Wetter, ob es uns passt oder nicht. Dann können wir ihr Scheiß Fernsehprogramm anschauen, auch wenn es uns nicht gefällt.

Bald gehen sie in ihr Bett und wir müssen schlafen, auch wenn wir noch nicht wollen. Denn sie müssen ja wieder früh aufstehen und wir auch, obwohl wir noch nicht wollen. Was ist das für ein Hundeleben? Soll das schön sein?

Struppi hört aufmerksam zu und lacht: „Wir haben es trotzdem schöner, als viele unsere Artgenossen und viele haben es wesentlich besser als wir, siehe den Schäferhund. Wir müssen es eben schaffen, dass Herrchen und Frauchen sich gut verstehen und eine gemeinsame Wohnung in Zukunft haben und vielleicht dann mehr Zeit für uns haben." Lucy hört sehr interessiert zu und fragt: „Hört sich gut an und wie sollen wir das schaffen? Dann habe ich dich immer am Arsch!"

Struppi sagt darauf genervt: „Ich habe
versprochen, dass ich mich bessere und wenn
wir immer zusammen sind, wird alles
automatisch besser werden." Lucy meint:
„Wer`s glaubt, wird Selig." Struppi spricht
überzeugt auf: „Glaube mir, sie müssen dann
mehr Zeit für uns haben." Lucy antwortet:
„Aber nur theoretisch, aber hört sich trotzdem
gut an. Versuchen wir es, aber wie?" Struppi
meint: „Versuchen wir es gleich, das die beiden
zusammen nach Berlin fahren und das mit uns."
Lucy lacht: „Das machen wir, aber dabei
müssen wir zusammen ganz geschickt sein.
Gehen wir es sofort an!"

Herrchen und Frauchen ziehen die beiden
wieder zurück und wollen wieder langsam nach
Hause gehen. Die beiden meinen zu ihren
Hunden: „Gehen wir zusammen nach dem
Essen noch eine Runde laufen." Dann hören sie
von ihrem Herrchen: „Wollen wir zusammen
essen gehen." Frauchen fragt daraufhin: „Was
machen wir dann mit unseren Hunden."
Herrchen meint dazu: „Mitnehmen natürlich, es
ist doch ein schöner Tag, wir können doch
zusammen in einem Biergarten sitzen."
Frauchen schaut zu ihren Hunden hinunter und

sagt befehlend zu ihren Hunden: „Das ihr mir brav seid. Ihr benehmt euch aber dann ganz artig!" Lucy mault darauf: „Immer das gleiche Geschwätz, ich kann es schon nicht mehr hören." Zügig laufen sie dann wieder zurück und sind bald zu Hause.

Frauchen holt sofort ihr Auto aus der Garage und die beiden Hunde werden hinten auf den Rücksitz gehoben. Sie hat ein Netz dazwischen, damit die Hunde nicht nach vorne können. Bevor sie hinten die Autotür schließt, spricht Frauchen wieder den gleichen Satz zu ihnen: „Artig bleiben, ich möchte nichts von euch beiden hören." Lucy dreht ihre Augen und hebt eine Pfote vor ihre Augen und mault dazu: „Wenn ich das noch einmal höre, muss ich kotzen." Struppi muss dabei lachen und erwähnt: „Ich mache es nicht weg und übrigens, wenn du jetzt das Auto voll sabberst, dann kannst du bestimmt nicht mit nach Berlin fahren." Von Lucy kommt jetzt nur noch ein: „Scheiße."

Die Fahrt dauert nicht lange, aber trotzdem ist es sehr warm im Auto und so hat die Hundedame sofort wieder etwas auszusetzen: „Siehst du, wir müssen uns auch noch in einem heißen Auto aufhalten, ich komme mir vor, als wäre ich in einem Backofen, so wie wir leben müsste man das dem Tierschutzverein melden." Struppi erwidert darauf witzig: „Dann gibt es wohl bald einen fetten Schweinebraten mit Schwarte, aber ohne Knödel." Lucy war daraufhin voll eingeschnappt und dreht ihren Schädel auf die Seite.

Kurz darauf werden die beiden wieder aus dem Auto gehoben und alle vier laufen zügig in einen großen Biergarten mit großen Kastanienbäumen. Ein schöner Tisch im Schatten wird schnell gefunden und ein Kellner bringt sofort die Speisekarte. Lucy meckert sofort unter dem Tisch hervor: „Und wo ist für uns Speisekarte?" Struppi lästert zurück: „Ich denke, du bist auf Diät, so bekommst du jetzt nichts." Lucy witzelt: „Darum mache ich gerade drei Diäten, weil mit einer werde ich nicht satt." Struppi lacht nur noch.

Kurz darauf geben die beiden Hundebesitzer ihre Bestellungen auf und bekommen dazu gleich ein großes Bier. Lucy lästert weiter: „Ich möchte auch mal ein Bier bekommen, statt nur immer das Leitungswasser und wenn ich die Bestellung höre, knurrt mir schon der Magen. Normalerweise sollten sie Leitungswasser bekommen und wir mal das Bier." Es dauert nicht lange und das Essen wird serviert. Beide haben eine Schweinshaxe mit Knödel auf dem Teller.

Die Nasen von Lucy und Struppi richten sich zur Tischplatte. Sie essen die Schweinshaxe, ohne einen kleinen Happen abzugeben. Nur Herrchen verspricht: „Die Knochen bekommen unsere Lieblinge." Lucy mosert daraufhin: „Das was die beiden machen ist Tierquälerei, die fressen eine knusprige Schweinshaxe und wir bekommen nur den Knochen hingeworfen, das ist doch eine Frechheit."

Struppi sieht das wieder ganz gelassen und lästert: „Vielleicht haben sie dich genauer angesehen und meinen, aus deinem Hintern könnte man auch einen schönen Schweinebraten machen." Lucy schreit: „Das

ist eine Frechheit, das werde ich mir merken!"
Nach dem Essen lassen die beiden den leeren
Knochen für ihre vierbeinigen Lieblinge
einpacken. Lucy schnauzt sofort wieder los:
„Da ist bestimmt nicht ein bisschen Fleisch
dran. Die beiden haben bestimmt wie
Kannibalen den Knochen abgenagt. Wir sind
doch für sie nur Hunde zweiter Klasse, den
Knochen können sie noch selber zur Nachspeise
Essen."

Aber Frauchen hat noch auf eine Idee, sie
möchte sich noch ein Eis gönnen. Sie liest die
Karte für den Nachtisch und wird schnell
fündig. Sie fragt dabei ihren Freund: „Willst du
bei diesem heißen Wetter nicht auch ein Eis."
Er antwortet: „Nein danke, ich nehme nur einen
Cappuccino." Sie bestellen dann noch einmal.

Lucy mault daraufhin: „Siehst du, sie nehmen
kein bisschen Rücksicht, wer fragt uns, ob wir
auch was haben wollen. Uns fragt niemand, ob
wir weiter unter dem Tisch liegen wollen. Was
gäbe ich dafür einmal ein Eis zu schlecken?"
Struppi muss wieder lachen: „Du denkst, nur
ans Fressen." Sie antwortet niedergeschlagen:
„Wenn wir immer nur das gleiche Hundefutter

bekommen, dann muss man doch bei einem so guten Duft nur an ein gutes Fressen denken. Ich möchte einmal was Anderes fressen können, ich würde mich anfressen bis mein Bauch platzt."

Struppi lästert: „Du brauchst nichts anderes Fressen, es sieht so aus, als wenn er jetzt schon platzt." „Struppi du brauchst gar nicht zu mir kommen und irgendetwas von mir wollen, du hast mich jetzt total bis aufs letzte beleidigt und übrigens dein Hängebauch ist auch ganz schön Fett", verteidigt sie sich. Ihr Freund schmunzelt: „Ich lästere auch nicht die ganze Zeit über unser Hundefutter."

Lucy kontert: „Du bist wie ein Hausschwein, dir ist es doch egal, was du in deinen Hängebauch hineinfrisst." „Wir können doch nur das fressen, was uns Frauchen und Herrchen in den Napf tut und wenn wir uns noch so oft beschweren, wir werden nie etwas Gutes bekommen", meint Struppi lässig. Sie lacht: „Wir bekommen dafür einen abgenagten Hundeknochen." Die Hundedame sieht jetzt auf den Tisch, wo schon der leckere Eisbecher steht und Frauchen ihr Eis genießt, Herrchen seinen

Cappuccino genüsslich schlürft und eine Zigarette dazu raucht.

Sie meint: „Ich würde auch gerne ein Eis schlecken." Er meint darauf: „Ich würde auch gerne deinen Hintern abschlecken." Lucy knurrt daraufhin streng: „Traue dich ja nicht, ich beiße dir sonst deine Glocken ab." Struppi lästert darauf ängstlich: „Ich habe kein Eis am Stiel." Darauf muss sie doch einmal lachen: „Auf den alten stinkenden Stiel würde nur die Milch sauer werden. Das schmeckt niemand!" Kurz darauf zahlen die Hundehalter und ziehen die beiden Hunde wieder zu dem heißen Auto.

Lucy meutert und schreit zu ihrem Freund: „Jetzt werden wir wieder hinten gebraten, sage jetzt bloß nichts dazu, sonst beiße ich dir in den Hintern." Der junge Rüde lächelt und flüstert zu ihr: „Schätzchen das würde mir aber auch gefallen." Lucy sieht ihn ganz entsetzt an und mault: „Was bist du für einer, was hast du für komische Fantasien. Mir wird es ganz komisch. Ich glaube, ich nehme lieber etwas Abstand von dir." Er erwidert etwas niedergeschlagen: „Ich will doch nur jede Berührung von dir spüren." Lucy muss dabei etwas Schmunzeln und flüstert frech zu ihm: „Das soll ich dir glauben, du willst doch nur eins!"

Die beiden werden jetzt in das heiße Auto gehoben und kurz darauf fahren sie zur Wohnung von Frauchen. Lucy fragt: „Herrchen wird bestimmt bei deinem Frauchen bleiben und mich nach Hause bringen. Dann habe ich endlich eine Nacht mal wieder meine Ruhe und du kannst gebrauchte Gummis kauen, aber passe auf und verschlucke sie nicht wieder!"

Er schmunzelt gelassen: „Ich glaube, heute kannst du bei mir bleiben." Sie schnauzt streng: „Ich will aber meine Ruhe und mein Sofa für mich alleine." Struppi lächelt und kontert: „Du willst doch meinen edlen Körper auf dem Sofa neben dir spüren." Sie gibt streng zurück: „Wovon träumst du wohl, das kannst du dir abschminken?"

Es dauert nicht lange, dann sind sie vor ihrem Haus angekommen und Frauchen hebt Struppi aus dem Auto. Das Herrchen fragt: „Warum bist du nicht zuerst zu mir gefahren, dann hätte ich Lucy gleich in meine Wohnung bringen können." Frauchen schmunzelt dazu: „Da habe ich heute gar nicht daran gedacht. Aber das macht doch nichts, du musst aber nicht extra Lucy heimbringen, dann nehmen wir sie einfach mit zu mir, die beiden sind doch brav und sie vertragen sich doch gut." Lucy verdreht die Augen und schimpft vor sich hin: „Keiner denkt an mich, was ich will. Jetzt darf ich mit dem Blödmann die ganze Nacht in einer Wohnung verbringen."

Struppi lacht und macht einen Witz: „Heute darfst du mit mir zusammen Gummis kauen." „Was Blöderes fällt dir dazu nicht ein", schimpft Lucy. „Hast du einen Gummi dabei? Dann weiß ich was Schönes", er lacht über sein ganzes Hundegesicht. Lucy motzt sofort: „Blödmann, davon kannst du nur träumen." Sie werden hinauf in die Wohnung gebracht. Die beiden marschieren mit ihrem Herrchen in die Wohnung hinein. Struppi legt sich sofort in sein Körbchen und sie steht alleingelassen im großen Wohnzimmer. Er lacht und sagt großmütig: „Du kannst dich zu mir in mein großes Körbchen legen, es ist genügend Platz frei."

Lucy ist gereizt und schnauzt: „Wie oft soll ich das noch sagen, ich will nicht so angemacht werden." Er erwidert lieb: „Komm doch erst mal her, ich bin wirklich nicht so, ich mache wirklich nichts, was du nicht willst." Sie fragt vorsichtig: „Soll ich dir das glauben?" Er unterstreicht das: „Ehrlich, soll ich es noch singen", und fängt an zu jaulen. Das sein Frauchen zu schimpfen anfängt.

Struppi fängt an zu lästern: „Mein Frauchen hat keine Ahnung von Kunst." Lucy mosert noch einmal zurück: „Sie hat anscheinend noch immer nicht erkannt, wer du wirklich bist", und legt sich erst vorsichtig zu Struppi und rückt diesen gleich etwas enger in sein Körbchen, das er etwas auf die Seite rücken muss. Sie lächelt jetzt frech und bestätigt: „Ich brauche sehr viel Platz, ich habe sonst ein ganzes Sofa zur Verfügung."

Ihre Leute machen es sich auf dem Sofa gemütlich und schalten den Fernseher an. Später machen sie sich noch einen Kaffee und gehen mit ihren beiden Hunden noch eine Runde Gassi.

Lucy hat sofort wieder etwas zu motzen:
„Gerade haben wir es uns richtig gemütlich
gemacht, dann muss man schon wieder hinaus,
keiner nimmt Rücksicht auf uns, immer nur so,
wie die beiden wollen!"

Ihr Freund lacht und bestätigt: „Glaubst du
vielleicht die erheben sich, wenn du es sagst,
jetzt gehen wir hinaus." Lucy mosert und
überlegt dabei: „Ich denke, wenn man das
richtig anstellt, dann machen sie es. Ich denke,
dass man auch sein Herrchen erziehen kann?"
Er flüstert vorsichtig: „Glaubst du wirklich,
dass wir unsere Leute erziehen können?"

Sie lacht geheimnisvoll und bekräftigt: „Ich
denke, das wird klappen und wir können das
heute Nacht ausprobieren." Struppi fragt sofort:
„Wie willst du das anstellen, wie willst du es
hinbekommen, das die beiden, das machen, was
wir wollen?" Sie schmunzelt und versichert:
„Lass das nur meine Sorge sein, das wird
klappen und das wird nur der Anfang sein, wir
werden erst unser Herrchen aus dem Bett
treiben, wann wir wollen, aber zu einem
Zeitpunkt, wann sie es gar nicht wollen?"

Struppi ist gut gelaunt und witzelt dazu: „Ich wüsste schon einen, der ihnen gar nicht passt und lacht noch viel heftiger." Lucy lacht und bestätigt: „Du bist ja noch viel gemeiner, als ich es mir gedacht habe, aber schauen wir mal, wann wir unsere Leute aus dem Bett werfen."

Ganz brav gehen die beiden Hunde ihre Gassi Runde, kaum reden sie miteinander, sie wissen, was sie vorhaben. Ihre Herrchen reden umso intensiver miteinander und turteln miteinander und sind nur mit sich beschäftigt und kümmern sich überhaupt nicht um ihre Hunde.

Lucy fällt das gleich auf und flüstert Struppi zu: „Siehst du, die Zwei sind nur mit sich beschäftigt, hauptsächlich wir haben unsere Blase und den Darm entleert und sie haben dann ihre Ruhe vor uns. Wir legen uns hin und sie können das machen, was ihnen Spaß bereitet. Aber heute drehen wir den Spieß mal um. Wir werden unseren Spaß bekommen, da bin ich mir sicher!"

Struppi lacht und tuschelt ihr zu: „Hoffentlich gehen wir nicht zu weit und sie werden nicht zu sehr, auf uns sauer sein?" Lucy lacht und meint: „Die merken doch gar nicht, dass wir mit ihnen ein gemeines Spiel treiben."

Struppi fragt nur noch: „Hoffentlich bemerken sie unser Spiel wirklich nicht." Lucy meint dazu: „Ich würde das gemeine Spiel ganz lustig finden und so will ich es auch machen, findest du nicht?" Die beiden kommen gerade von ihrer Runde zurück und kommen in die Wohnung zurück.

Kapitel 4

Das gemeine Spiel

Das verliebte Paar kann es nicht erwarten, in ihre Wohnung zu kommen, sie schmusen schon vorher heftig auf der Treppe und kümmern sich nicht um ihre Hunde. Lucy deutet darauf hin: „Siehst du, wir sind denen jetzt total egal, sie wollen jetzt nur noch ihren Spaß, den wir auch gleich haben werden, da bin ich mir sicher." Die Hunde bringen sie noch ins Wohnzimmer. Bereiten ihnen ihr Fressen und stellen noch schnell frisches Wasser für sie hin und schon fallen die ersten Kleidungsstücke.

Struppi lacht und erwähnt wissend: „Jetzt kommt gleich der erste Gummi ins Spiel." Lucy weist daraufhin: „Den du aber nicht unbedingt hinunterwürgen musst!" Frauchen schreit noch zu ihrem Freund: „Hast du die beiden Haxen Knochen mit aus dem Auto genommen." Der Freund antwortet: „Natürlich habe ich sie, ich gebe sie ihnen gleich, sie werden sich darauf stürzen."

Er legt die Knochen gleich vor Lucy und Struppi hin. Sie verdreht sofort die Augen und mault: „Darüber soll ich mich noch freuen und vielleicht noch ein braves Männchen machen. Einen total abgenagten Knochen kauen. Nicht ein kleines Stück Fleisch haben sie dran gelassen. Bin ich ein Kannibale? Soll ich mir vielleicht den blanken Knochen durch meine Nasenlöcher ziehen?"

Struppi lacht und befiehlt: „Komm ab ins Körbchen." Sie seufzt niedergeschlagen vor sich hin: „Was haben wir den schon wieder bekommen? Trockenfutter, Dosenfutter und einen abgelutschten Knochen, sehr motivierend." Inzwischen hat Herrchen den Fernseher angemacht und eine Tüte Chips aufgemacht.

Lucy knurrt jetzt vor sich hin: „Jetzt hat er schon wieder was zum Fressen aufgemacht, ich bekomme eine richtige Wut, Rache ist süß." Herrchen und Frauchen legen sich mit Getränken und Chips ins Bett. Herrchen will aber gleich das Frauchen begrabschen, die sofort abwehrt und ihm genervt zuflüstert: „Nicht so schnell, wir haben doch die ganze

Nacht Zeit und schaltet einige Programme durch."

Lucy lacht: „Da werden wir beide noch mitreden, ob ihr wirklich die ganze Nacht Zeit für euch habt." Struppi trabt langsam zu seinem Knochen und fängt ihn gelangweilt an abzunagen und schimpft genauso wie Lucy: „Nicht eine Faser Fleisch haben sie dran gelassen, das macht keinen Spaß." Lucy will den Knochen nicht einmal in ihr Maul nehmen und schmollt vor sich hin.

Sie nimmt ein wenig vom Trockenfutter und kaut gelangweilt vor sich hin und schimpft böse weiter: „Immer das gleiche billige Futter, ich kann es nicht einmal mehr riechen, aber wenn man Hunger hat, dann frisst man eben alles, sollen doch die beiden im Bett jeden Tag das gleiche Fressen."

Sie legt sich nach ein paar Bissen des ekligen Trockenfutters in ihr Körbchen und ringelt sich ein und beobachtet das Treiben ihre Leute. Struppi hat genug von seinem Knochen und kommt langsam an sein Körbchen geschlichen.

Gerade will das Herrchen wieder einen Annäherungsversuch starten. Springt Lucy aus dem Körbchen und nimmt die Trockenfutterschüssel in ihr Maul und schmeißt mit einem kräftigen Ruck ihres Schädels, die Futterschüssel durch das Wohnzimmer. Das ganze Trockenfutter rollt durch das Zimmer. Herrchen nimmt in diesem Moment erschreckt seinen Arm von seiner Freundin und springt aus dem Bett.

Lucy und Struppi müssen grinsen. Lucy bellt sofort: „Klappt doch!" Herrchen steht vor seiner Lucy und sieht sie ungläubig an und fragt: „Was ist mit dir los, warum hast du das ganze Futter herumgeschmissen?" Lucy steht vor seinem Herrchen und schmeißt noch einmal die Schüssel vor seine Füße und bellt ihn böse an: „Das Zeug kannst du selber Fressen", auch Struppi springt auf und bellt ihn an.

Auch Frauchen steigt kurz darauf langsam aus ihrem Bett und schaut die beiden Hunde an und fragt ihren Freund: „Ich glaube, die beiden wollen mal etwas anderes Fressen?" Sie bellt zu Frauchen sozusagen: „Sie hat es kapiert." Struppi schiebt die Schüssel bestätigend vor

ihre Füße. Frauchen sagt daraufhin zu ihnen:
„Ihr arme Hunde habt immer den gleichen
Scheiß zu fressen bekommen. Ich kaufe am
Montag ganz was Feines, ein gutes Futter und
nächstes Mal, lassen wir euch ein bisschen
Fleisch am Knochen."

Voller Freude bellen jetzt die beiden Hunde
und sind für das Erste zufrieden. Dann gehen
die beiden zufrieden in ihr Körbchen und Lucy
grinst über ihr ganzes Gesicht: „Klappt doch,
wir haben es ihnen gezeigt."

Struppi warnt: „Für heute lassen wir es aber,
sonst überspannen wir den Bogen." Sie meint
aber: „Fortsetzung folgt." Ihr Freund warnt aber
noch einmal: „Lass es bitte." Sie meint
grinsend: „Ich bin aber jetzt heiß und würde zu
gerne weiter machen." Der junge Rüde lacht:
„Es wäre zu schön, wenn du auf was anderes
heiß wärst, komm jetzt endlich ins Körbchen."

Lucy mosert aber weiter: „Lass deine Pfoten
von mir, sonst beiße ich dir in den Hintern."
„Schön, das wäre schon ein guter Anfang",
lacht Struppi. Sie legt sich ins Körbchen und

schiebt mit ihren Hintern ihren männlichen Artgenossen in das letzte Eck des Körbchens.

Struppi flüstert leise zu ihr: „Schön dich zu spüren" und schnappt dabei eingeengt nach Luft. Lucy ist sehr belustigt und scherzt: „Tja, wer mich haben will, muss leiden." Und drückt ihren breiten Hintern noch kräftiger zu ihm. Er merkt, dass seine Freundin ihn nur etwas ärgern will und drückt jetzt dagegen. So das die Seiten Verhältnisse geklärt waren, danach beobachten die beiden, das Liebesspiel von Herrchen und Frauchen. Die beiden sind schon mitten in ihrem Liebesakt und nur noch mit sich beschäftigt.

Lucy witzelt: „Jetzt wäre doch der passende Moment, pinkeln zu gehen, oder was meinst du?" Sie lacht dabei sehr sarkastisch. Ihr Freund lästert zurück: „Du kannst nur herummeckern. Da wir beim Meckern sind und du in Schwaben aufgewachsen bist. So warst du bestimmt auch mal in der Schweiz?"

Lucy antwortet schnell: „Ja natürlich, wir hatten nicht allzu weit in die Schweiz, mein Herrchen ist mit uns öfters in die Schweizer Alpen gefahren und haben kleinere Bergwanderungen gemacht." Struppi grinst frech und scherzt: „Dann hast du bestimmt, den Bergziegen das Meckern beigebracht." Sofort zieht sie ihre Füße an und mit großer Gewalt schnellen dann ihre Pfoten gegen seinen Körper und schmeißen ihn aus dem Körbchen. Dabei schreit sie: „Was soll das wohl heißen, ich meckere doch nicht. Ich bin eine hübsche Hundedame und will auch so behandelt werden. Nicht wie ein billiger Straßenköter."

Struppi amüsiert sich jetzt köstlich und beschwichtigt: „Ist ja schon gut, aber trotzdem hast du überall, etwas zu aussetzen. In bestimmten Angelegenheiten hast du ja recht, aber wir dürfen es nicht übertreiben!"

Inzwischen fängt Frauchen heftig an zu stöhnen. Lucy fragt ihren Freund: „Sticht mein Herrchen sie jetzt ab." Er antwortet jetzt lachend: „Jedes Wochenende sticht er Frauchen ab, aber sie kann damit sehr gut leben, ich würde es am liebsten mit dir auch machen."

„Wage es jetzt nicht", kommt es gleich von ihr. Kurz darauf kommt ein Gummi aus dem Bett geflogen. Struppi läuft sofort darauf zu und schnüffelt ihn ab. Lucy schreit: „Verschlucke ihn nicht" und erhebt sich dabei langsam aus dem Körbchen.

Lucy kommt auch zu dem benutzten Gummi und schnüffelt den genau ab und meint: „Komisch riecht das Teil schon. Du bist schon ein wenig pervers, wenn du so einen ekligen Gummi verschluckst." Struppi sagt überzeugt: „Wir brauchen so etwas nicht." Lucy faucht prompt: „Du hast recht, weil du nicht an mich ran kommst." Er schmunzelt: „Ich habe Geduld und kann warten, komm wir gehen ins Körbchen." Lucy lächelt und sagt dann streng: „Aber nur schlafen."

Inzwischen haben sich ihre beiden Verliebten wieder getrennt und klotzen Arm in Arm in den Fernseher, eine Tüte Chips öffneten sie nebenbei. Frauchen steht auf und fragt: „Sollen wir uns nicht einen guten Roten öffnen." Wie Lucy das hört, meint sie: „Chips einen Rotwein und was haben wir?" Herrchen steht auch auf und ruft: „Ich zünde mir unterdessen noch eine

Zigarette an." Frauchen schreit zurück: „Ich schenke den Wein ein und komme dazu." Nackt laufen die Beiden durch die Wohnung. Die beiden Hunde beobachten die beiden ganz genau, aus ihrem Körbchen. Lucy flüstert zu ihrem Freund: „Glaubst du, dass wir den beiden einen kleinen Chip, abluchsen können?" „Ich denke, wenn wir geschickt sind", erwidert er sofort: „Lass mich nur machen." Nach der Zigarette und einen guten Rotwein, gehen die beiden, wieder in ihr Bett und nehmen dazu ein paar Erdnüsse mit.

 Das ist der Startschuss für Struppi, der Schnurgerade auf das Bett zuläuft. Sie beobachtet das sehr skeptisch. Die Beiden haben es sich gerade im Bett gemütlich gemacht und in diesem Moment kommt er mit einem Satz ins Bett gehüpft. Frauchen ruft ganz überrascht: „Struppi, das hast du ja noch nie gemacht!" Er denkt sich dabei: „Tja, irgendwann ist immer das erste Mal." Herrchen ruft sofort: „Raus aus unserem Bett, ab ins Körbchen!"

Er denkt aber gar nicht daran, aus dem Bett zu verschwinden, im Gegenteil seine Nase sucht die Chips Tüte und die Erdnüsse. Er saugt die guten Gerüche von den feinen Dingen in sich rein und denkt sich dabei: „So etwas geht doch nicht, die Fressen die feinsten Sachen in sich hinein, ohne uns etwas abzugeben." Herrchen schreit: „Du nimmst deine Schnauze weg, das ist nichts für dich." Struppi denkt: „Das wollen wir doch mal sehen." Frauchen nimmt die Chips Tüte in die Hand und holt eines hervor und hebt diese unter seine Nase. Der junge Rüde denkt nicht lange nach und schnappt zu. Er denkt sich nur: „Das schmeckt nach mehr", er legt sich direkt neben dem Frauchen ins Bett und lässt die Chips nicht mehr aus den Augen.

Herrchen schimpft seine Freundin: „Willst du wirklich erlauben, dass unsere Hunde ins Bett kommen." Sie antwortet sehr lieb: „Du hast doch bemerkt, dass die beiden total unzufrieden mit dem Futter waren, gönne ihnen doch einmal etwas Feines!"

Sofort setzt sich der schwere Körper von Lucy in Bewegung. Mit einem unkontrollierten Sprung hüpft sie auf das Bett und landet mit allen Vieren auf dem Unterleib vom Herrchen. Der mit einem Schmerzensschrei, die Ankunft von Lucy bestätigt. Frauchen kann ihr Lachen nicht unterdrücken und amüsiert sich: „Deine Lucy ist aber sehr treffsicher, sie liebt dich sehr." Er hat sich noch gar nicht von seinen Schmerzen erholt, hat Lucy ihre Zunge zärtlich über sein Gesicht gestreift und denkt sich dabei: „Volltreffer, der Kandidat hat hundert Punkte!"

Ihre Augen richten sich sofort auf die Fressware und legt sich neben Struppi, inmitten des Bettes. Mit einem schmerzverzerrten Gesicht, steht Herrchen auf und zündet sich zornig eine Zigarette an und geht an den Kühlschrank und holt sich ein Bier heraus. Lächelnd spöttelt Lucy: „Jetzt haben wir endlich Platz und können richtig los mampfen" und sie breiten sich mit voller Länge im Bett aus.

Herrchen steht nackt in der Küche und raucht schmollend seine Zigarette und trinkt dazu eine Flasche Bier und schreit dabei zu seiner Freundin hinüber: „Ich will nicht, das unsere Hunde, Bröseln in den Betten verteilen, ich will nicht, dass es beim Schlafen überall pikst!" Sie ruft lachend herüber: „Du wirst doch den Hunden auch mal was vergönnen?"

Lucy meckert sofort: „Der würde uns wieder nichts vergönnen, ein furchtbarer Mensch, erst recht werde ich ihm ein paar Brösel im Bett verteilen." Frauchen gibt lachend ihren Hunden ein paar Chips zu knabbern, die sie mit lachenden Augen anschauen und noch gar nicht richtig glauben können, das sie auch mal, so etwas Feines zu schnabulieren bekommen. Knirschend zerkauen die beiden ihre Chips und schauen dabei ihr Frauchen an, mit ihren großen fragenden Augen, war das schon alles? Aber sie gibt gerne nach und verteilt noch ein paar Chips.

Lucy jubelt dabei Struppi zu: „Diesen Tag müssen wir im Kalender ganz groß Rot anzeichnen, ich kann es noch nicht glauben, dass ich mal etwas Anderes zu fressen bekomme, als unser altes Trocken und Dosenfutter." Sie lässt tatsächlich, absichtlich ein paar Brösel in Herrchens Bett fallen und grinst dabei listig.

Struppi schmunzelt sogleich: „Das wird gleich Ärger geben." Schon kommt Herrchen stampfend angelaufen und will sich in sein Bett legen. Lucy und Struppi haben aber ihren Körper ganz schön breit gemacht. Herrchen schnauzt sofort: „Kann ich vielleicht mal wieder mein Bett benutzen, ihr beiden Stinker habt euch ganz schön breit gemacht." Er hebt die Bettdecke und legt sich hinein und schiebt die beiden ein wenig zur Seite. Dabei flucht er vor sich hin: „Mein ganzes Bett ist ja voller Brösel, da kann man gar nicht mehr richtig liegen. Ich schmeiße euch gleich wieder aus dem Bett."

Frauchen lacht und bestätigt: „Lasse sie doch noch ein wenig, ich schüttle danach das Bett aus, das der Herr seinen Schlaf in Ruhe genießen kann. An die Hunde denkst du gar nicht." Lucy jubelt Struppi an: „Hab ich das nicht gut gemacht." Frauchen verwöhnt ihre Hunde weiter und Herrchen sieht mit Argwohn zu. Lucy kaut mit offenem Maul genüsslich ihre Chips, einige Brösel fallen ihr dabei aus ihrem Maul. Ernst sieht das Herrchen ihr beim Kauen zu. Struppi warnt beim genüsslichen Kauen: „Versaue uns den Erfolg nicht, ich würde sagen, dass es jetzt endgültig reicht?"

 Herrchen fragt seine Freundin: „Kommst du nächste Woche mit nach Berlin." Sie antwortet sofort: „Ja, ich habe Zeit, ich komme mit." Struppi meint daraufhin: „Mir gefällt Berlin nicht, können wir nicht hierbleiben?" Seine Freundin antwortet sofort: „Wird schon nicht so schlimm werden?" Der junge Rüde fügt hinzu: „Wir haben dort nicht allzu viel Grün, aber wenigstens sind wir weiter zusammen!" Die junge Hündin muss daraufhin lachen und erwidert sofort: „Male dir dabei nicht zu viel aus." Struppi fügt noch hinzu: „Ich kann dir dann einiges von Berlin zeigen." Sie lamentiert: „Ich weiß nicht, ob wir da so viel zu sehen bekommen, wenn Herrchen viel arbeiten muss?"

Die Beiden mampfen nebenbei an den Chips
weiter, die ihnen Frauchen großzügig weiterhin
zusteckt. Herrchen schimpft seine Freundin
wieder: „Gib ihnen doch nicht so viel von den
Chips und Erdnüssen, dann müssen wir
bestimmt noch einmal mit ihnen hinausgehen.
Denn sie bekommen darauf einen großen
Durst."

Frauchen lacht und sagt jetzt etwas genervt:
„Das ist doch nicht so schlimm, es ist doch eine
schöne laue Sommernacht und morgen müssen
wir bestimmt nicht so früh aufstehen?" Sie gibt
jeden noch ein paar Chips, sagt aber dabei:
„Jetzt reicht es aber schön langsam, wir gehen
dann mit euch noch einmal hinaus." Herrchen
schimpft launisch weiter: „Die Brösel müssen
aber auch noch aus dem Bett!"

Frauchen wird es jetzt schön langsam zu blöd
und mault zurück: „Ich habe doch gesagt, dass
ich das mache!" Lucy und Struppi kuscheln
sich unterdessen immer mehr ins Bett hinein.
Herrchen motzt weiter und sollen die beiden
auch noch nachts hier im Bett bleiben? Lucy
lacht: „Bestimmt nicht, ich lasse mich doch
nicht zerdrücken und wenn Herrchen furzt, wird

es mir schlecht, dann verschwinde ich mit Sicherheit." Er lacht und meint daraufhin: „Wir gehen dann gemeinsam wieder in unser Körbchen." „Aber brav sein, sonst schmeiße ich dich hinaus", mault Lucy ganz ernst zurück.

Gemeinsam schauen die vier noch einen Film an, Frauchen trinkt ein paar Gläser Wein und Herrchen macht dabei noch eine Flasche Bier auf. Lucy lästert: „Was soll daran so schön sein, blöd in so einen Kasten schauen, jeden Tag machen sie die Kiste an, rauchen und saufen Bier und Wein dabei." Struppi lacht laut: „Es unterhaltet und entspannt sie." Lucy lästert weiter: „Immer nur zu in die Kiste schauen, ist doch auch nicht so schön!" Jetzt lästert Struppi: „Aber vielleicht noch besser, als wenn du in deinem Körbchen liegst und Luftlöcher starrst?" „Ich starre dabei keine Luftlöcher, ich überlege mir meistens etwas dabei", antwortet sie. Struppi spottet: „Das kann bestimmt nichts Vernünftiges sein, was du dir dabei überlegst, du hast doch immer nur Unsinn im Kopf." Lucy erwähnt: „Ist das, was wir jetzt erreicht haben, nichts Gutes?" „Ausnahmsweise", kommt es gleich von Struppi zurück und springt aus dem Bett und schlabbert aus der Wasserschüssel einen kräftigen Schluck. Sie folgt ihm und stellt fest: „Von diesen würzigen Chips bekommt man ganz schön Durst!"

Herrchen schnauzt sofort wieder: „Siehst du, die beiden bekommen jetzt großen Durst und wir müssen bestimmt bald hinaus." Frauchen bemerkt es und beschwichtigt: „Heute in der lauen Sommernacht, gehe ich gerne mit den Lieblingen hinaus." Herrchen flüstert lieb und ist jetzt besser gelaunt: „Wenn wir uns dann wieder hinlegen, komm ich noch einmal zu dir." Frauchen schmunzelt daraufhin: „Dann brauchst du bestimmt ein Viagra, so oft kannst du bestimmt nicht."

Lucy lacht und fragt: „Was ist Viagra." Struppi antwortet sofort: „Das kennst du nicht, das könntest du auch gebrauchen, Frauen sollten das öfters einnehmen. Das ist eine Tablette, damit die Männer besser im Bett sind." Sie fragt ihren Partner: „Warum sollte ich dann so eine Tablette einnehmen." Struppi antwortet: „Ja, warum wohl, weil du dann bestimmt wollen würdest." Lucy faucht: „Ich will aber mit dir jetzt nicht." Frauchen macht unterdessen das Bett sauber, von den vielen Bröseln und

zieht sich an. Herrchen zieht sich auch schnell
an.

Lucy lacht über ihre lange Schnauze: „Was
haben wir jetzt für eine brave Hundefamilie, wir
müssen sie nur noch dazu bringen, dass sie
heiraten und das richtige einkaufen für unser
leibliches Wohl." Frauchen nimmt die beiden
Hunde an die Leine und will hinausgehen.

Sofort kommt Herrchen gelaufen und nimmt
Lucys Leine in die Hand und flüstert seiner
Freundin ins Ohr: „Ich lasse dich doch nicht mit
den beiden gefräßigen Raubtieren alleine
hinausgehen." Lucy schnauzt sofort zu Struppi
hin: „Wer ist da gefräßig, die fressen doch
laufend, weil wir jetzt einmal Chips bekommen
haben, sind wir verfressen."

Frauchen fragt ihren Freund: „Hast du schon
deine Tablette genommen." Er antwortet: „Die
brauche ich doch heute nicht." Sie lästert: „Da
bin ich mir nicht so sicher." Er jubelt: „Aber ich
bin mir sicher." Sie stellt sich vor ihm hin und
langt ihm zwischen die Beine und sagt: „Ich
auch!" Er gibt ihr dann einen zärtlichen Kuss
und sie laufen dann Arm in Arm weiter.

Struppi bekommt etwas Bekanntes in die Nase,
tief zieht er den Geruch in die Nase, ein
Lächeln zieht sich durch sein ganzes Gesicht,
bis zu seinen langen Ohren. Lucy fragt sofort:
„Warum grinst du so." „Ich glaube, zu Wissen
warum", kommt es von ihm und seine Nase
geht direkt zu ihrem Hintern. „Riecht das
vielleicht fein, jawohl wie lange habe ich darauf
gewartet", lacht Struppi noch breiter. Sie
erwidert ganz erschrocken: „Nein, sage mir,
dass es nicht wahr ist, du lügst mich an." Er
schmunzelt: „Meine überlange Nase lügt nicht,
ist das schön." Sie fragt: „Hast vielleicht Viagra
dabei." Er jubelt: „Das habe ich im Blut." Lucy
meint: „Da bin ich mir nicht so sicher." Struppi
sagt überzeugt: „Aber ich!" Seine Nase geht
wieder zu ihrem Hintern und schnüffelt tief in
sich rein, als wenn es ein echtes Parfüm wäre
und atmet genussvoll aus.

Ein freches zufriedenes Grinsen steht in seinem
Gesicht. Lucy jammert daraufhin: „Jetzt bring
ich diesen geilen Bock überhaupt nicht mehr los
und ich wollte ihn eigentlich noch ein wenig
zappeln lassen." Er lispelt darauf vernünftig:
„Lucy, ich will dich nicht drängen, weil ich will
dich wirklich lieb haben."

Die läufige Hündin fragt ihn: „Kann ich das wirklich glauben?" Seine Schnauze geht vorsichtig zu ihrer und gibt ihr einen vorsichtigen zärtlichen Kuss. Sie flüstert ihm zu: „Dann hätten unsere Kinder einen Vater, der auch bei ihnen ist. Das wäre zu schön!"

Struppi ist jetzt in einer super guten Laune. Vor Freude macht er riesige Bocksprünge. Sie schüttelt nur ihren riesigen Schädel. Auch Frauchen und Herrchen fragen sich, was mit Struppi los ist. Wie aufgedreht springt er den Weg entlang, den sie laufen. Lucy schaut Frauchen an und schüttelt nur noch den Kopf und schnauzt dabei: „Was für einen Komiker habe ich kennengelernt?"

Trotzdem, dass es eine schöne laue Sommernacht ist, treffen sie auf keine anderen Hunde. Das Liebespärchen turtelt weiter hinter ihnen und zieht die beiden zu sich, um wieder zurückzulaufen. Lucy flüstert zu ihrem Freund: „Mir wird auf einmal ganz anders, Ich weiß nicht, was das zu bedeuten hat." Langsam laufen sie wieder auf das Haus zu. Struppi kann es gar nicht erwarten, in das Haus zu kommen, er zieht mit voller Kraft. Frauchen schreit ihn an: „Langsam, so irre hast du schon lange nicht mehr gezogen?"

Lucy fragt ihn: „Ich glaube, es ist besser, dass wir eine Woche noch warten?" Sofort hört Struppi auf zu ziehen und sieht seine Freundin ganz entsetzt an und fragt sie: „Warum auf einmal?" Sie mault ihn an: „Weil du auf einmal so ungeduldig bist und schnell zu deinem Erfolg kommen willst, es besteht keine Romantik." Er jammert enttäuscht und lässt den Kopf hängen: „Das wollte ich nicht, ich wollte doch meine kleine Chance nutzen, die ich von dir bekommen habe." Lucy lacht und erklärt: „Dann zerstöre nicht wieder alles, sonst mag ich dich nicht mehr."

Schnell sind sie in der Wohnung und Lucy legt sich sofort niedergeschlagen in ihr Körbchen. Ihr Freund legt sich sofort dazu und kuschelt sich zu ihr hin. Frauchen und Herrchen ziehen sich wieder nackt aus. Frauchen sieht ihren Freund lachend an und witzelt: „Ich glaube, du musst doch zu einer Tablette greifen, so wird es bestimmt nichts mehr." Frustriert, trottet Herrchen zu einer Schublade und greift zu einer kleinen Schachtel und fingert sich eine Tablette heraus. Schnell will er sie einnehmen, aber er ist gerade sehr nervös und die Tablette fällt ihm aus der Hand und fällt auf den Boden.

Wie ein Pfeil springt Struppi auf und begutachtet dieses kleine blaue Teil. Er beschnuppert es kurz, nimmt es in sein Maul und schluckt es hinunter. Herrchen schreit ihn an: „Nein, Pfui, lass das, aus", aber es war zu spät. Frauchen lacht: „Das kann es nicht sein, Struppi hat dein Viagra geschluckt. Dann muss ich jetzt zu ihm gehen, aber das wird ja nicht deine letzte Tablette sein." Herrchen meint aber niedergeschlagen: „Doch, das war die Letzte und ausgerechnet die hat mein Hund verschluckt."

Lucy rollt zugleich ihre Augen und schnauft niedergeschlagen durch: „Was wird das für eine Nacht werden, mit so einem super geilen Freund in einem Körbchen." Herrchen stand zugleich super frustriert und mit hängenden Gliedmaßen vor seiner Freundin. Struppi lacht dabei und witzelt: „Das kann mir nicht passieren, ich bin immer bereit!" Sie muss dabei grinsen und schnauzt herablassend: „Wenn du deinem Herrchen seine Pille gierig wegfrisst, kann man leicht lachen, aber ich lache jetzt, wenn du nicht darfst!"

Herrchen schimpft jetzt: „Was geht Struppi meine Tablette an?" Er geht dabei nochmal zum Kühlschrank und holt sich ein Bier heraus und zapft es an. Sie ruft ihm zu: „Weil heute bei dir nichts mehr geht, kannst du mir gleich auch noch eines mitbringen." Sie steht in aufreizender Pose vor dem Bett. Das bringt ihn doch in die richtige Stimmung. Sie sieht das und meint daraufhin, dann solltest du doch das Bier erst mal auf die Seite stellen und mit mir ins Bett kommen, vielleicht wird es doch noch? Die beiden schauen zu, wie Frauchen verlangend, das Herrchen ins Bett zieht und ihrem Liebesspiel nachkommen.

Struppi bekommt unterdessen die Wirkung der blauen Tablette zu spüren und wird langsam ungeduldig. Lucy bekommt dies mit und denkt sich, den lasse ich heute zappeln. Aber sie ist läufig und muss dem innigen Liebesspiel im Bett zuschauen. Struppi wird ungeduldig und hat seine Schnauze auf ihr Hinterteil gelegt und flüstert: „Man riechst du gut, ich wäre jetzt so in der richtigen Stimmung."

Sie antwortet sofort darauf: „Wenn du nicht die Tablette geschluckt hättest, wäre das ganz was anderes?" Struppi kontert sofort: „Was hat das, mit dieser blauen Tablette zu tun?" Struppi schleckt jetzt zärtlich ihren Hintern ab und hofft dabei, dass er sie jetzt doch noch umstimmt. Er hört mit seinen Liebkosungen nicht mehr auf, bis letztendlich Lucy nicht mehr wieder stehen kann und ihrem Trieb nachgibt.

Lucy flüstert ihm aber vorher noch zu: „Du bist jetzt ehrlich und sagst mir, dass du für deine Kinder immer da bist." Er freut sich sichtlich und jubelt: „Da kannst du dich absolut darauf verlassen." Lucy warnt ihn aber noch einmal: „In Zukunft frisst du Herrchen keine Tabletten mehr weg und schluckst keine gebrauchten Gummis mehr!" Dann steht sie auf und streckt ihm ihren sexy Hintern hin. Der junge Rüde kann es erst gar nicht fassen und schaut überrascht auf ihren schönen Hintern.

Aber er nützt seine Chance und es wurde ihre erste erotische Nacht, bis sich Lucy und Struppi erschöpft in ihr Körbchen fallen lassen und zusammen kuscheln und dabei glücklich einschlafen. Lucy träumt von einer großen

Familie mit Frauchen und Herrchen, Struppi und ihren vielen Kindern mit der sie zusammen aufwachsen.

Struppi hingegen träumt von viele erotische Nächte mit seiner Lucy, aber er träumt auch von seinen Kindern, um die er sich dann kümmern muss.

Für ihn ist es ein Alptraum, er kommt ganz schön in Stress und weiß gar nicht mehr was er zuerst machen soll. Lucy schreit ihn öfters an: „Struppi kümmere dich endlich um die Kleinen, du hast gesagt, du bist für sie da!" Er kommt ganz schön ins Schwitzen und will am liebsten davonlaufen. Er strampelt mit seinen vier Füssen im Schlaf und winselt dabei.

Lucy wacht davon auf, schubst ihren Freund und redet ihm gut zu, dass er aufwacht: „He wach von deinem Alptraum auf." Sofort kommt Leben in Struppis Körper und öffnet fix und fertig seine Augen und blickt sofort in Lucys freundliches Gesicht, die zu ihm sagt: „Was hast du schlimmes geträumt."

Struppi sieht immer noch sehr fertig aus und flüstert erschöpft: „Mich haben im Traum unsere Kinder auf Trab gehalten und mich fertiggemacht. Ich wusste oft nicht mehr, was ich zuerst machen soll. Es war einfach schrecklich, dann hast du mich noch angeschrien, das gab mir den Rest." Lucy schaut ihren Freund mitleidig an und erklärt: „So schlimm kann es gar nicht werden, aber Kinder können anstrengend sein und dich nerven, aber es wird auch schön sein."

Jetzt kuscheln wir uns noch ein bisschen zusammen, machen uns noch ein paar liebe Stunden und denken dabei an etwas Schönes. Er entspannt sich dabei und drückt dabei seinen dicken Hintern an ihren und schließt entspannt seine Augen und jammert dabei: „Hoffentlich träume ich nicht noch einmal, so einen Scheiß."

Sie tröstet ihn: „Bestimmt nicht, aber jetzt merke ich, dass du einen ganz schönen dicken Hintern hast." Der junge Rüde meint daraufhin: „Ich hatte vor einer längeren Zeit eine Schönheitsoperation, da wurde mir zu viel Botox gespritzt und das noch an der falschen Stelle, jetzt ist mein Hintern eben zu dick."

Lucy muss lachen und erwidert: „Dann hatte ich auch eine Schönheitsoperation, aber es ist schon sehr lange her. Mir haben sie die Mandeln entnommen, aber zum Entsetzen ist dabei mein Kopf etwas länger geworden."

Jetzt muss Struppi lachen und fragt dabei: „Sonst hast du keine Implantate in deinem Körper?" Sie schmunzelt zurück: „Nein, das brauche ich nicht, ich bin auch so schön, oder nicht?" Er lacht und frohlockt: „Wir sind doch ein sehr schönes Pärchen und unsere Kinder werden die schönsten weit und breit sein!" Er gibt dabei seiner Freundin einen dicken Schmatz auf den Mund.

Es wird langsam hell im Wohnzimmer. Struppi flüstert seiner Freundin zu und streckt sich ganz lang dabei: „Jetzt wäre es an der Zeit, einen schönen langen Morgenspaziergang zu unternehmen!" Sie stellt fest: „Das wäre jetzt wirklich schön" und streckt ihren langen unförmigen Körper. Sie lacht böse und sagt dabei: „Wir wollten doch die beiden ein wenig erziehen und sie richtet dabei ihre Schnauze auf das große Ehebett." Ihr Lachen wird dabei immer schelmischer. Struppi befiehlt sofort:

„Holen wir sie aus dem Bett!" Er läuft sofort zur Eingangstüre und stellt sich davor hin.

Lucy folgt ihm langsam und geht an Struppi vorbei und kratzt mit der rechten Vorderpfote an der Türe und jault sehr laut dabei. Sie blinzelt schelmisch ihren Freund an und jauchzt: „Jetzt ist es so weit, die beiden schmeißen wir aus dem Bett, die sollen merken, dass sie zwei Hunde haben, um die sie sich richtig kümmern müssen!"

Keine Minute vergeht und sie hören Herrchens Stimme maulen: „Was ist da draußen los, da hat doch ein Hund gewinselt und gekratzt." Einen Moment später vernehmen sie auch Frauchens Stimme gähnend krächzen: „Unsere Lieblinge müssen bestimmt hinaus, ziehen wir uns an, es ist doch schön draußen um einen Morgenspaziergang zu machen." Herrchen meint daraufhin: „Aber das Bett, wäre auch noch schön." Sie lacht und meint: „Du siehst noch ganz schön verkatert aus, war wohl ein Bier zu viel, aber das hilft nichts, unsere Hunde müssen hinaus, sonst machst du die Sauerei weg!"

Widerwillig steht er doch auf und zieht sich an, sie ist schneller fertig und treibt ihren Geliebten an, der seine Augen noch nicht richtig auf bekommt und sichtlich noch gar nichts auf die Reihe bekommt. Frauchen lacht ihren Freund richtig aus und stellt fest: „Das wird wohl nicht dein Tag werden."

Herrchen verteidigt sich: „Schau mal auf die Uhr, es ist doch erst 6 Uhr morgens und das am Wochenende. Wir sind doch mit den beiden noch nie so früh hinausgegangen, das kann doch nicht sein, dass die schon hinaus müssen?" Sie antwortet prompt: „Aber siehst du, sie müssen, auf geht's du Schlafmütze, es ist doch ein schöner Sommermorgen." Lucy hört dies und jubelt: „Wie schön der Morgen ist und dazu noch lustig, machen wir so weiter!"

Frauchen läuft gleich zu ihren Lieblingen und knuddelt sie, Herrchen trabt noch verschlafen hinter ihr drein. Sie hängt fröhlich die beiden an und summt ein Lied dabei. Herrchen krächzt müde zu den beiden: „Ihr könnt doch euer Herrchen nicht so früh aus dem Bett werfen und noch dazu hinausgehen, ohne einen starken Kaffee getrunken zu haben." Lucy übernimmt wieder das Wort und sagt resolut zu Struppi und lacht dabei: „Und wie wir das können, das machen wir jetzt öfter, egal wo wir sind, ob Urlaub oder Wochenende und egal bei welchem Wetter!"

Struppi spricht sie gleich von der Seite an: „Halt dich ein wenig zurück, nicht bei jedem Wetter, im Winter kannst du in aller Frühe sonst alleine hinausgehen." Sie kontert: „Egal, jetzt ist Sommer und wir wollen jetzt hinausgehen." Frauchen überreicht ihrem Freund die Leine mit Lucy und lacht dabei, willst du deine Lady nicht führen und sieht ihn mitleidig an und redet weiter: „Wir werden dann schon noch eine Stunde ins Bett gehen und dann richtig lange Frühstücken." Jetzt kann er auch ein wenig lachen und verspricht: „Wenn ich richtig wach bin, mache ich das Frühstück." Sie meint: „Da bin ich aber gespannt?" Und sie gehen die Treppe hinunter und laufen zusammen los.

Kaum auf der Straße streckt Lucy ihren langen unförmigen Körper und stöhnt hinaus: „Siehst du Struppi, ist das nicht ein schöner Tag." Er hingegen hebt sofort sein Füßchen und stöhnt:

„Du hast wie immer recht, ich kann so gleich meine Blase erleichtern und fühle mich sofort besser." Sie setzt sich ein paar Meter später hin und das frohgelaunt. Die beiden ziehen jetzt kräftig in Richtung eines kleinen Weges, der von der Stadt weg führt und die beiden schon gut kennen.

 Dort können sie sich erleichtern und treffen heute auch andere Artgenossen. Er kann es noch gar nicht glauben, dass er am Wochenende schon so früh unterwegs ist. Herrchen meutert jetzt schon: „Wir müssen doch nicht in aller Frühe schon so weit laufen, wir können doch nach dem langen Frühstück noch einmal gehen." Frauchen antwortet: „Du siehst doch, das es unseren Hunden sehr gut gefällt und du wirst sehen, das dir danach ein Frühstück viel besser schmecken wird!"

 Herrchen fragt die beiden: „Wollen wir jetzt nicht zurückgehen?" Lucy sagt lachend: „Bestimmt nicht, wir wollen den kleinen Reh-Pinscher der uns gerade entgegenkommt begrüßen und Frauchen will ja auch noch nicht zurück." Struppi meint daraufhin: „Ich habe mich gerade an den sehr frühen Spaziergang gewöhnt und will auch noch nicht ins Körbchen zurück, obwohl ich mich mit dir darin wohlfühle."

Total aufgeregt kommt ihnen der Reh Pinscher entgegen und die Hunde sagen sich gleich, ein freundlich Hallo. Struppi fragt den kleinen Herrn: „Auch schon so früh unterwegs."

Der Kleine erzählt sofort: „Was war das mit meinem Frauchen ein Theater, bis ich sie aus dem Bett gebracht habe, ich wollte schon ein wenig früher hinaus. Ich habe es schon fast nicht mehr ausgehalten. Am liebsten hätte ich ins Bett gepinkelt. Schaut euch doch mein Frauchen an, wie die noch zerknittert aussieht." Lucy antwortet frech: „Da steht mein Herrchen nichts nach, der hat mehr als ein Bier zu viel gesoffen."

Der Reh-Pinscher fügt hinzu: „Wenn sie wenigstens noch spät nachts mit mir hinaus torkeln würde, aber die hatte nur noch eins in ihrem dummen Schädel, eine Flasche Wein nach der anderen in sich hinein saufen. Wenn ich zu ihr ins Bett gesprungen wäre, dann wäre ich heute noch bewusstlos." Struppi lacht und erwidert: „Wir können nicht jammern, wenigstens mein Frauchen ist da konsequent und hat unser Herrchen angetrieben und so sind wir jetzt unterwegs. Du musst halt auch dein Frauchen ein wenig erziehen, so wie wir es tun!"

Sie erzählen dem armen Reh-Pinscher, wie sie es angestellt haben und was sie noch vorhaben. Der Kleine muss lachen und antwortet darauf: „Das ist sehr interessant und ich werde gleich damit anfangen." Lucy lacht und zwinkert dem Kleinen aufmunternd zu, beim Verabschieden und ruft ihm noch zu: „Bis bald mein Kleiner, hoffentlich hast du dann was Positives zu berichten."

Danach treffen sie noch auf ein paar andere Artgenossen, mit ihnen gibt es nur ein belangloses Geplänkel. Herrchen meutert ununterbrochen, wann gehen wir endlich zurück. Frauchen lacht und bemitleidet ihn, geht es dir so schlecht? Ja, wir gehen gemütlich zurück: „Aber nach dem ausgiebigen Frühstück gehen wir noch einmal mit ihnen hinaus." Sie gehen dann zügig zurück.

Kaum sind sie in der Wohnung, zieht sich
Herrchen schnell aus und legt sich schnell ins
Bett, Frauchen folgt langsam und lächelt
wissend. Lucy und Struppi sehen mit großem
Interesse zu. Frauchen folgt ihrem Freund und
ruft ihre Hunde das Gleiche zu tun. Herrchen
schreit seine Freundin an: „Das ist doch nicht
dein Ernst?"

Lucy und Struppi lassen sich das nicht zweimal
sagen und springen mit einer Wonne ins Bett
und kuscheln sich zu ihrem Frauchen und
Herrchen. Struppi jubelt seiner Freundin zu:
„Das hätte ich mir nie träumen lassen, dass wir
in aller Frühe in diesem Bett liegen können."
Sie erwidert: „Ja, so ändern sich die Zeiten,
aber es ist schön." Und rückt ihren dicken
Hintern, noch näher zu ihrem Herrchen.
Herrchen rügt sie: „Lucy du wirst doch
genügend Platz haben." Dann schlafen sie
zusammen noch eine Stunde. Plötzlich richtet
sich das Frauchen auf und will aufstehen.
Herrchen ruft sofort noch liegend: „Ich stehe
auf und halte mein Versprechen."

Lucy flüstert ihrem Freund zu: „Jetzt gibt es ein ausgiebiges Frühstück, ich bin gespannt, ob für uns auch etwas abfällt." Er lacht und stellt fest: „Lucy du bist verfressen, wenn ich so deinen Bauch anschaue, dann dürftest du nichts essen." Sie antwortet schnell: „Wenn ich dich anschaue, dann könntest du verwandt sein, mit einem Hängebauchschwein, aber dieses Essen ist doch etwas anderes, vielleicht fallen ein paar gute Stücke ab." Ihr Freund sagt überzeugt: „Das werden wir schon schaffen, wir werden die beiden einfach ganz lieb anschauen, mit unseren hungrigen Augen, das wäre doch gelacht, wenn wir das nicht hinbekommen?"

Herrchen steht auf und bewegt sich zielstrebig nackt in die Küche und zieht sich sofort was über. Als erstes bedient er die Kaffeemaschine und dann geht er sofort an den Kühlschrank. Marmelade, Wurst und Käse kommen auf den Tisch. Die beiden Hunde beobachten das ganz genau. Frauchen entgeht nicht, dass die zwei Lieblinge, das ganz genau beobachten und verspricht: „Ich lasse euch beiden schon nicht verhungern." Lucy mault sofort in Richtung Herrchen: „Dein altes Trockenfutter kannst du selbst fressen!"

Nach ein paar Minuten ruft Herrchen: „Das Frühstück ist fertig!" Frauchen streckt sich und bewegt sich geschmeidig aus dem Bett. Nur die Hunde sind schneller und sitzen vor dem Tisch und warten. Die hungrigen Blicke sind auf das gerichtet, was auf dem Tisch liegt. Herrchen sagt zu ihnen, das ist nicht für euch gedacht und zeigt auf die Schüssel auf dem Boden.

Lucy schnauzt ihr Herrchen an und bellt zornig zurück: „Diesen Scheiß kannst du auf deinen Teller legen." Dann läuft sie zornig zu dieser Schüssel und stößt diese mit ihrer Schnauze so kräftig an, dass der ganze Inhalt über den Küchenboden rollt, dabei bellt sie Herrchen zornig an: „Wie oft soll ich das noch predigen, wir fressen, das alte Zeug nicht mehr!"

Frauchen setzt sich so, wie sie ist, an den Frühstückstisch, greift in den Wurstteller, nimmt zwei Scheiben und reicht es ihren Hunden und sagt lieb zu ihnen: „Ihr wollt doch auch etwas Gutes haben!" Herrchen sammelt unterdessen das Trockenfutter wieder zusammen und tut es wieder in die Schüssel.

Lucy lästert dabei: „Das alte Zeug kannst du gleich wegschmeißen." Mit grimmiger Miene läuft er dann zum Kühlschrank und holt eine ganze Stange Salami hervor und schält ein Stück Haut herunter, schneidet ein paar dickere Scheiben herunter und gibt es den beiden Hunden. Schmatzend und genussvoll kauen es die beiden. In Sekundenschnelle ist die Wurst verschwunden und ihre großen Augen sind wieder auf den Frühstückstisch gerichtet.

Frauchen haucht zärtlich zu ihnen: „Na, wollt ihr beiden noch ein Stück Käse haben" und gleichzeitig greift sie auf den Teller und gibt jeden davon ein Stück zu naschen. Lucy hat ein sichtliches Grinsen in ihrem Gesicht und flüstert Struppi zu: „Das hättest du dir nicht träumen lassen?" Er jubelt voller Freude: „Es ist wie im Schlaraffenland, du hast vollkommen recht, es geht doch!"

Struppi bekommt von dem guten Frühstück Blähungen, deswegen hallt ein sehr lauter Furz durch die Küche. Der Geruch lässt auch nicht lange auf sich warten. Ein entsetzter Aufschrei kommt aus beiden Munden: „Struppi, du alte Sau, sowas macht man nicht am Tisch!"

Lucy lacht und mault ihren Freund an: „Das sieht dir ähnlich, du kannst dich wirklich nicht benehmen. So wie du aussiehst, so benimmst du dich auch?" Ganz unschuldig schaut Struppi sein Frauchen an, die noch immer nach frischer Luft ringt. Ekel steht in ihrem Gesicht und zugleich faucht sie zu ihm: „Du brauchst gar nicht so unschuldig schauen und ihr beiden solltet jetzt zur Strafe nichts mehr vom Tisch bekommen?"

Lucy schaut sofort ihren Freund sehr zornig an und faucht: „Du solltest sofort zu Hundefutter verarbeitet werden, der Inhalt der Dosen stinkt dann genauso, wie dein Gestank." Wenn Struppis Ohren nicht hängen würden, sie würden spätestens jetzt nach unten klappen.

Sie schreit jetzt zu ihrem Herrchen: „Ich kann aber nichts dafür und sieht ihn vorwurfsvoll an." Struppi schämt sich jetzt und legt sich hin. Aber inzwischen lachen die beiden wieder und frühstücken gutgelaunt weiter. Lucy bemüht sich weiter ein gutes Stück vom Tisch zu erhaschen und schaut ihren Freund immer wieder böse an.

Frauchen ist aber sehr gutmütig und gibt den Beiden noch ein paar Scheiben guter Wurst. Die beiden frühstücken genüsslich, sie schenkt noch dazu einen frischen Orangensaft ein und fragt dabei ihren Freund: „Wann müssen wir jetzt nach Berlin."

Herrchen antwortet schnell: „Sehr bald, wir werden in 14 Tagen zusammen dorthin fahren. Die Hunde können wir auch mitnehmen. Ich hoffe, dass ich meine geschäftliche Angelegenheit schnell erledigt habe, so können wir dann noch ein paar weitere schöne Tage dort verbringen." Sie erwidert gut gelaunt: „Ich freue mich schon darauf, ein paar schöne Tage in Berlin zu verbringen." Struppi schnauzt daraufhin: „Berlin ist aber nicht schön." Frauchen fragt ihren Freund noch: „Fahren wir mit dem Zug oder mit dem Auto?"

Er meint dazu freundlich: „Ich denke, dass es mit dem Auto besser ist, so können wir unabhängig etwas unternehmen und sind beweglicher." Frauchen fügt hinzu: „Na gut, dann fahren wir eben, mit dem Auto, somit können wir die beiden Stinker leichter transportieren." Herrchen lacht: „Stinker, das hast du gut getroffen, hoffentlich stinkt Struppi nicht im Auto, sonst könnte es passieren, wenn wir in Berlin ankommen, sind wir erstickt."

Frauchen fragt weiter: „Hast du schon ein Hotel gebucht?" Sofort kommt die Antwort: „Sogar so, dass wir die Stinker ohne Probleme mit auf unser Zimmer nehmen können." Frauchen lacht und spricht ihren Freund liebevoll an: „Dann brauchen wir nur noch packen und los gehts, ich freue mich schon darauf."

Lucy schimpft: „Ich bin kein Stinker, sondern eine Dame." Der junge Rüde fügt hinzu: „Na, das wird toll, stundenlang auf der Autobahn, hinten im Auto liegen, das wird todlangweilig, na super." Sie lacht: „Dann können wir stundenlang kuscheln." Er lacht auch: „So kann ich meinen dicken Hintern, richtig an deinen kuscheln und an deinen geilen Arsch schnüffeln." Lucy faucht: „Untersteh dich und mache nur einen Versuch deine Schnauze an meinen Arsch zu bewegen, ich beiße dir die Eier weg."

Struppi sieht sofort entsetzt seine Freundin an und jammert kleinlaut: „Das würdest du wirklich machen?" Und sieht dabei seine Glocken an. „Bleib anständig, dann passiert deiner kleinen Kinderstube auch nichts", faucht Lucy streng. Struppi antwortet verlegen: „Was meinst du mit Kinderstube."

Lucy dreht genervt den großen Schädel von ihm weg und schiebt die Augenbrauen nach oben und sagt etwas genervt: „Deine Eier natürlich, dein Glockenspiel."

Ihr Freund schluchzt entsetzt: „Die brauch ich doch noch, besser gesagt, wir brauchen sie noch." Sie antwortet: „Du willst sie noch gebrauchen!" Er erwähnt etwas kleinlaut: „Wir wollen doch noch Babys." „Sicher, warten wir mal ab", meint sie.

Struppi lacht und fragt: „Bist du vielleicht schon schwanger?" Lucy wieder genervt: „Ich weiß noch gar nichts." Enttäuschung zeigt sich in seinem großen Schädel. Sie lacht jetzt und fügt zärtlich dazu: „So schnell geht es auch wieder nicht." Sie gibt dabei ihren Freund einen zärtlichen Kuss.

Unterdessen machen sich Frauchen und Herrchen frisch und machen sich bereit für eine erneute Gassi Runde. Schnell vergehen die 14 Tage bis zur Fahrt nach Berlin. Auch die Spannung für das neue Abenteuer wächst bei den beiden Hunden.

Kapitel 5

Die lange Autofahrt

Schnell kommt der Tag und Herrchen und Frauchen packen alles in ihr kleines Auto. Zuletzt holen sie Lucy und Struppi und verfrachten die beiden auf die Rückbank. Struppi schnauzt, wie er sich gemütlich macht: „Mir wäre es lieber, wenn wir zu Hause bleiben könnten." Lucy lächelt: „Ich denke, eine andere Umgebung hat schon seinen Reiz. Andere Gerüche und andere Artgenossen." Er erwähnt wissend: „Du wirst sehen, dass du sehr gerne wieder zu Hause sein wirst." Sie meint gut gelaunt: „Ich möchte immer in meine Umgebung zurückkommen!"

Herrchen startet sein Auto und die lange Fahrt beginnt. Struppi gähnt und jammert: „Jetzt geht es los, viele Stunden sind wir jetzt in der Blechkiste eingesperrt." Lucy meint: „Was hast du, ich mache es mir einfach gemütlich." Struppi sagt wissend: „Warte mal ab." Er drückt seinen breiten Hintern zu ihrem, die ihn gleich sehr böse anblickt und faucht: „Halte dich zurück, Kleiner." Der junge Rüde meint entsetzt: „Ich mache doch nichts und klein bin ich auch nicht." „Aber einen Kleinen hast du", und sie kugelt sich vor Lachen. Er legt seinen großen Schädel schmollend auf die Rückbank. Dann wird es still im Auto.

Mehr als zwei Stunden vergehen und Herrchen fährt stur seine Geschwindigkeit auf der Autobahn. Lucy wird langsam unruhig und faucht: „Wie lange soll die Fahrt noch dauern, mir tun schon langsam sämtliche Knochen weh." Struppi lacht: „Ich habe doch gesagt, diese Fahrt dauert, du musst dich schon noch eine sehr lange Zeit gedulden." Sie faucht jetzt zornig: „Sie können doch auch mal eine Pause einlegen." „Dein Herrchen macht bestimmt so schnell keine Pause", kommt es gleich von ihm.

Sie meint überlegend: „Ich denke, wir müssen mal was unternehmen?" Er meint lächelnd: „Gute Idee, aber was." Die junge Hundedame lacht und meint: „Deine Wunderwaffe, deinen Arsch, du kannst doch immer." „Ich habe nur ein Problem, ich habe noch nicht viel gefressen, aber ich denke, es wird gehen", erwähnt Struppi.

Lucy befiehlt aufgeregt: „Komm leg los, ich will aus der Blechdose raus, ich halt es nicht mehr aus." Er presst und fordert: „Kannst du meinen Hintern massieren." Sie lacht: „Das hättest du gerne." Struppi strengt sich an und dann schafft er es, ein heißer Wind verlässt seinen Hintern. In Sekundenschnelle verbreitet sich ein ekliger Gestank im Auto.

Ein furchtbarer Schrei hallt durchs Auto „Struppi!" Herrchen senkt das Tempo von seinem Auto und links und rechts gehen die Scheiben herunter. Herrchen schimpft weiter: „Dass ein Hund so stinken kann, das ist ja eklig." Frauchen erwähnt: „Wenn du auf der Toilette warst, kann man sie die nächste halbe Stunde auch nicht betreten, wie wäre es mal mit

einer Pause, bestimmt müssen die beiden
austreten. Ich möchte auch mal aus dem Auto!"

Lucy lacht: „Wofür ein Stinker gut sein kann.
Tatsächlich fährt Herrchen die nächste
Raststätte an?" Beide Hunde haben ein listiges
Grinsen im Gesicht. Frauchen stöhnt, beim
Verlassen des Autos, wir lassen lieber eine Türe
auf, dass frische Luft reinkommt.

Schnell haben die Vierbeiner mit einem Satz
das Auto verlassen. Struppi läuft sofort auf den
nächsten Baum zu und markiert ihn mit einem
großen Strahl und stöhnt dazu: „Tut das gut!"
Lucy setzt sich in die Wiese und sagt das
Gleiche. Nur Struppi kann es nicht lassen und
lästert: „Bestimmt ist dieses Gras total
verbrannt und dort wächst die nächsten 20 Jahre
nichts mehr."

Danach laufen Frauchen und Herrchen mit
ihren Lieblingen, gemeinsam gute 10 Minuten
den Rastplatz entlang. Die beiden unförmigen
Hunde beschnüffeln alles und Struppi markiert
jedes Eck. Lucy lästert: „Musst du jedes Eck
anpinkeln, du kannst doch gar nichts mehr in
der Blase haben und lächelt dabei."

Er kann es nicht lassen und muss einen Kommentar loslassen: „Du glaubst nicht, was da noch alles drin ist, viel mehr als du denkst." Sie lacht und lästert: „Heiße Luft, sonst nichts." Struppi lacht: „Wir können es dann im Auto ausprobieren." Lucy klärt auf: „Auf der Autobahn soll man keinen Verkehr haben, es könnte sonst der Airbag aufgehen." Er sieht seine Freundin ganz ungläubig an und sie meint: „Es ist halt so!"

Herrchen drängt alle zum Auto zurück. Lucy meutert und schimpft vor sich hin: „Wir sind doch gerade erst ausgestiegen und was zu saufen könnte ich auch vertragen." Sie sieht ihr Herrchen dabei richtig böse an, wenn Blicke töten könnten, dann wäre es so weit. Struppi meint dazu: „Soll ich meine Wunderwaffe noch einmal einsetzen?" Sie antwortet: „Wir müssen Frauchen besser ins Spiel bringen und bellt sie an." Frauchen sieht sie an und stellt fest: „Ihr habt bestimmt noch Durst und Hunger" und läuft im selben Moment zum Kofferraum, holt eine Wasserflasche und ein paar Leckerlis hervor.

Herrchen meutert: „Wir müssen weiter, wie lange wollt ihr noch herumtrödeln." Frauchen erwähnt: „Auf ein paar Minuten wird es nicht ankommen und die Hunde brauchen auch etwas." Er schimpft: „Damit Struppi unser Auto noch einmal verpesten kann." Struppi mault zornig: „Das brauchst du mir nicht zweimal sagen, dann mach ich es." Lucy lacht nur. Ungeduldig läuft Herrchen vor seinem Auto herum und zündet eine Zigarette an. Frauchen meint, das ist eine gute Idee und zündet sich auch eine an. Bei ihm merkt man, das seine Laune auf dem Tiefpunkt ist.

Sie faucht konsequent, ich will nicht gleich wieder ins Auto steigen und ich muss auch noch auf die Toilette. Er meint nur: „Man, das dauert, ich will endlich weiterkommen." Sie antwortet lässig: „Ist doch gut gelaufen, was hast du nur, keine Geduld! Die paar Minuten, die wir dann früher dran sind, auf die kommt es bestimmt an?" Herrchen meutert weiter: „So kommen wir nie an!" Frauchen dreht sich um und läuft provozierend langsam zu den Toiletten. Er schimpft vor sich hin: „Das kann doch nicht wahr sein, wie lange dauert das noch." In Lucys und Struppis Gesicht ist wieder Freude

eingekehrt und sie meint daraufhin: „Siehst du,
Frauchen ist auf unserer Seite." Langsam
kommt Frauchen zurück und sie steigen alle in
das Auto ein.

Herrchen spricht kein Wort mehr, die
Stimmung ist auf dem Nullpunkt. Er treibt das
kleine Auto schnell auf die Autobahn. Frauchen
schimpft: „Du brauchst deine Wut nicht auf das
Auto auszulassen. So fängt der Urlaub schon
gut an." Er faucht wütend: „Wir haben eine
weite Strecke zu fahren und wir sollten schon
ein bisschen vorwärtskommen." Dabei greift er
mit seiner rechten Hand in die Mittelkonsole
und holt seine Zigarettenschachtel hervor,
steckt sich eine den Mund und zündet sich diese
an. Tief zieht er daran und bläst den Rauch in
das kleine Auto.

Seine Freundin weist darauf hin: „Eigentlich
wollten wir im Auto nicht rauchen, die Hunde
atmen den Rauch mit ein." Herrchen meint
etwas verschnupft: „Ich brauche aber jetzt
eine." Sie will ihn überzeugen: „Du hast doch
gerade eine geraucht. Entspann dich doch, wir
haben endlich Urlaub. Wir kommen doch auch
gemütlich an unser Ziel!"

Er fügt hinzu: „Ich muss aber doch einen Tag, vielleicht sogar zwei arbeiten." Sie antwortet: „Die gehen doch schnell vorüber." Er zieht noch einmal kräftig an seiner Zigarette und bläst den Rauch aus dem heruntergekurbelten Fenster. Aber trotzdem stinkt das ganze Auto nach Zigarettenrauch. Sie legt ihm eine Hand zärtlich auf die Schulter und meint noch mal: „Beruhige dich jetzt, alles ist gut!"

Er fängt jetzt an, ein wenig zu lachen und drosselt seine Geschwindigkeit und setzt sich entspannter hin. Von ihr kommt zugleich: „Na also geht doch." Aber auch sie zündet sich jetzt eine Zigarette an und meint: „Dann kann ich mir jetzt auch eine anzünden." Sie zieht auch genüsslich daran und lehnt sich entspannt zurück.

Lucy mault sofort los: „So ein Gestank im Auto, das sollte man gleich dem Tierschutzverein melden, das kann man keinem Hund zumuten." Ihr Freund fragt: „Soll ich meinen Gestank hinzufügen." Lucy sieht ihren Freund streng an und droht: „Traue dich ja nicht, ich möchte nicht ersticken." Seine Nase geht an Lucys Hintern und meint: „Ich habe

einen besonders guten Duft in meiner Nase."
Sofort dreht sich die Hundedame um und beißt
ihm in die Nase und schimpft dabei: „Wie oft
soll ich dir sagen, dass ich das nicht mag, du
geiler Bock." Struppi lacht: „Ich habe keine
Hörner und so stinken tue ich auch nicht." Sie
äußert sich herablassend: „Schlimmer."

Die beiden auf dem Vordersitzen rauchen
immer noch. Lucy fragt ihren Freund: „Was
machen wir jetzt, das halte ich nicht aus."
Struppi antwortet: „Ich würde nochmal
pupsen." Sie antwortet: „Dann ist Herrchen
noch mehr sauer." Lucy bellt jetzt nach vorne.
Frauchen fragt: „Lucy, was willst du?" Sie
kommt nicht auf die Idee, dass den Hunden das
Rauchen stört. Lucy legt sich wieder hin und
befiehlt niedergeschlagen: „Kanone laden und
Feuer frei." Struppi grinst über alle vier Backen
und sein Hintern bewegt sich hin und her. Ein
schelmisches Grinsen ist in seinem Gesicht.
Lucy kann sich das Lachen nicht verkneifen.

Ein lautes furchtbares Geräusch geht durch das
innere des Autos. Herrchen schreit: „Struppi,
das darf nicht wahr sein, du alte Sau." Sofort
werden die Scheiben komplett

heruntergekurbelt. Der junge Rüde grinst und ist der Meinung: „Mein Pups stinkt auf jeden Fall noch besser, als euer Rauch." Die Hundedame legt nach und schimpft: „Keiner denkt an uns da hinten, sollen wir ersticken, unser ganzes Fell stinkt, nach Rauch."

Herrchen ruft zur Rückbank: „Wenn Struppi das Auto so verpestet, dann zünde ich mir noch eine Zigarette an, ich halte nicht noch mal an." Seine Freundin holt sich auch einen Glimmstängel aus der Schachtel und steckt sie an. Als sie das sieht und riecht, ist sie außer sich. Sie kann sich gar nicht mehr beruhigen und läuft unruhig auf der Rückbank umher. Sie mault Struppi an: „Mach doch was, sie räuchern uns komplett ein."

Er überlegt: „Was soll ich bloß tun, mir fällt nichts ein, außer noch einmal pupsen." „Das bringt nichts, nur, dass sie eine weitere Zigarette anzünden und uns vergiften", stellt sie fest und ist sehr zornig. Sie springt mit den Vorderpfoten auf die Rückenlehne Frauchens und bellt sie an: „Bei Kinder und Haustieren sollte man im Auto nicht rauchen, ich möchte das nicht, vielleicht hat mich, der geile Bock

Struppi geschwängert. Hoffentlich war das kein Fehler?"

Struppi hört das und sagt überzeugt: „Das war kein Fehler, so ein schlechter Kerl bin ich auch nicht. Ich werde mir als Vater, richtig Mühe geben." Lucy antwortet: „Du kannst dir die größte Mühe geben, aber du bist halt richtig dumm." Er schaut enttäuscht drein und seufzt kleinlaut: „So dumm bin ich auch nicht." Lucy beschwichtigt schnell: „Ich wollte dich nicht beleidigen, aber was ist, machen die beiden da vorne, ihre Glimmstängel nicht aus?"

Frauchen fragt ihren Freund: „Was hat den unsere Lucy, warum bellt sie uns an." Herrchen antwortet, ich weiß nicht, das ist ungewöhnlich und holt gleich eine neue Zigarette aus der Schachtel. Frauchen schimpft: „Jetzt reicht es, du hast gerade eine geraucht." Kaum hat Frauchen diesen Satz ausgesprochen, springt Lucy auf die Rückenlehne und bellt nach vorne, sie kann sich nicht mehr beruhigen. Frauchen lacht und ist überzeugt: „Jetzt wissen wir es, Lucy will nicht, das wir im Auto rauchen!" Herrchen sagt herablassend: „Ich werde mir von meinen Hunden, das Rauchen nicht verbieten lassen" und zündet sich eine weitere an. Ein ganz böses Knurren kommt aus Lucys Kehle. Herrchen bläst seinen Rauch aus und Lucys Knurren wird noch intensiver. Herrchen lacht und zieht ganz tief den Rauch ein und bläst den Rauch ganz genüsslich aus. Frauchen lacht und will ihn überzeugen: „Unsere Hunde wollen nicht, das wir im Auto rauchen und schimpfen deswegen, du kannst dich wenigstens ein bisschen zusammenreißen!" Er kontert: „Das kann nicht dein Ernst sein, dass ich mich nach meinen Hunden richten soll." Sie meint nur kurz: „Nur ein wenig Rücksicht!"

Lucy kann es nicht fassen, das ihr Herrchen einfach weiter raucht und schimpft ununterbrochen weiter, was ihm absolut nicht beeindruckt. Dann springt Struppi dazu und schimpft Herrchen voll ins Ohr, das er voll erschrick. Herrchen redet ganz ruhig zu seinen Hunden: „Beruhigt euch, ich rauche diese und werde in Zukunft, im Auto keine mehr anzünden. Seid ihr dann brav und legt euch brav hin. Ich will nichts mehr hören von euch beiden Radaubrüder." Lucy hört das und ist sauer und mault los: „Wir sind nicht brav, wir machen keinen Radau, wir wehren uns nur, gegen diesen widerlichen Gestank und Brüder sind wir auch nicht, habt ihr uns nie genau angeschaut. Das ist eine große Frechheit, das lassen wir uns nicht gefallen, uns wird bestimmt in Berlin eine Gemeinheit einfallen, das wird lustig!" Frauchen versucht Lucy zu beruhigen, die Hündin knurrt und bellt ununterbrochen weiter. Herrchens und Frauchens Nerven sind angespannt.

Frauchen mault ihren Freund an: „Das kommt davon, weil du keine Pause machst, nur stur durchrasen und eine nach der anderen im Auto rauchen." Er mault zurück: „Ich lasse mir von meinen Hunden nichts verbieten." Er holt eine neue Zigarette aus der Schachtel und zündet sie an und legt seine Schachtel auf der Mittelkonsole ab. Lucy beobachtet das zornig und knurrt den Kettenraucher an.

Seine Freundin mault erstaunt: „Das glaube ich nicht, du nimmst nicht einmal auf mich Rücksicht, geschweige auf deine Hunde, sollen sie einmal an Lungenkrebs sterben." Von ihm kommt zurück: „Wir müssen alle unter die Erde, früher oder später" und zieht genüsslich an seiner Zigarette.

Sie sieht die Schachtel auf der Konsole und versucht mit ihrer langen Schnauze heranzukommen. Ihr riesiger Schädel ist zu groß und bleibt zwischen den Sitzbänken stecken, sie kann gerade noch ihren Dickschädel zurückziehen, ohne dass sie es bemerkten. Sie flucht vor sich hin, Struppi schaut sie entsetzt an und fragt sie: „Das wirst du vor unseren Kindern nicht sagen?" Sie mault und schimpft weiter: „Wenn nichts klappt, fast hätte ich sie gehabt." Ihr Freund fragt dumm: „Was?"

Der junge Rüde hat es plötzlich kapiert und schiebt vorsichtig seinen unförmigen Schädel durch die Sitzbänke direkt zu der offenen Zigarettenschachtel. Er will sich gerade die Schachtel schnappen, da greift Herrchen nach der Schachtel, anscheinend will er sich einen weiteren Glimmstängel anzünden. Anstatt der Schachtel hat er Struppis Schädel in seiner Hand. Struppi fühlt sich ertappt.

Herrchen fragt überrascht: „Was willst du da vorne, schau das du deinen Schädel nach hinten bewegst." Der junge Rüde schnappt sofort zu, nicht die Schachtel, sondern Herrchens Finger.

Schnell zieht er seine Hand zurück und schreit: „Aua, was soll das Struppi." Das Auto kommt ein wenig ins Schlingern. Frauchen faucht ihren Freund an: „Pass auf, wo du hinfährst."

Struppi, das Schlitzohr schnappt sich die Schachtel und zieht sich schnell zurück zu seiner Freundin, die ihn jubelnd empfängt: „Yippie, du hast sie, super!"

Genüsslich machen sich die beiden über die Schachtel her. Sie zerrupfen die Schachtel in lauter kleine Fetzen, keine Zigarette ist mehr zu gebrauchen, alles ist über die gesamte Rückbank zerstreut. Lucy lästert: „Herrchen würde ich, 10 Punkte in Flensburg geben, weil er im Auto geraucht hat, das wäre die richtige Strafe für ihn!" Der junge Rüde gibt ihr recht.

Herrchen tastet erneut nach seinen Zigaretten und sucht mit der Hand die gesamte Mittelkonsole ab, er wird sehr nervös. Er fragt seine Freundin, sie sucht mit und sieht sie nicht, danach wirft sie einen Blick zu den Hunden und ihr war alles klar. Als sie den zerrupften Dreck hinten sieht, entkommt ihr ein entsetztes „Nein, das darf doch nicht wahr sein?" Herrchen flucht, er hat keine Zigaretten mehr. Jetzt muss er doch eine Pause machen.

Frauchen lästert: „Nur, weil du keine Zigarette hast, machst du eine Pause, an uns denkst du gar nicht." Er gibt klein bei und lenkt in die nächste Raststätte.

Sie holt die beiden diebischen Elstern aus dem Auto und lässt sie austreten. Danach macht sie die Rückbank sauber, dabei werden die Hunde beschimpft: „Warum musstet ihr beiden Dreckbären die Schachtel total zerrupfen?"

Die junge Hundedame verteidigt sich: „Eigentlich habt ihr es verursacht, denn Herrchen hatte versprochen im Auto nicht zu rauchen!" Frauchen schimpft weiter: „Verflucht, das sind lauter kleine Brösel, wie soll ich die wieder herausbringen." Lucy ist guter Dinge und verteidigt sich weiter: „Wir können nichts dafür, hätte er uns nicht voll gestunken, dann bräuchte Frauchen unseren Platz nicht zu reinigen."

Herrchen kauft sich unterdessen eine neue Packung Zigaretten, die er nicht mehr in der Mittelkonsole ablegt. Er will seine Freundin anschnauzen, weil sie mit der Rückbank noch nicht fertig ist. Lucy kann ihre Schnauze nicht halten: „Was ist denn jetzt schon wieder los, dem gehört mal richtig in den Arsch gebissen."

Struppi fragt sofort: „Soll ich das übernehmen." „Das übernehme ich", kommt es von ihr herüber. Frauchen ist stocksauer und beschimpft ihren Freund: „Mit dir werde ich noch einmal in den Urlaub fahren." Er entschuldigt sich und ist der Meinung: „Er will ja nur irgendwann ankommen." Sie will ihn beruhigen: „Lass dir doch ein wenig Zeit, so ist die Hinfahrt schon ein gelungener Urlaub!"

Endlich sieht er es ein und wirkt entspannter, sie können sogar noch einen Kaffee trinken. Lucy lacht unterm Tisch hervor: „Na also geht doch." Nach einer unglaublichen halben Stunde Pause steigen sie zusammen in ihr Auto und können rauchfrei bis zum Ziel fahren.

Lucy kann ihr Maul nicht halten: „Na also geht doch, so erzieht man sein Herrchen!" Struppi schnauft tief durch: „Sie muss immer das letzte Wort haben!"

Kapitel 6

Urlaub in Berlin

In Berlin angekommen, sie wohnen mitten in
der City, er parkt das Auto in der Tiefgarage.
Schnurstracks geht er zur Rezeption und lässt
sich die Zimmerschlüssel geben. Ein Hotel Boy
nimmt die Koffer und bringt sie auf das
gebuchte Zimmer. Er schaut die beiden Hunde
komisch an und fragt: „Was sind das für
komische Tiere?" Frauchen will die Frage nicht
verstehen. Sie antwortet sehr böse: „Sieht man
das nicht, das sind Hunde!" Lucy lacht und
witzelt: „Struppi, ich glaube, er hat dich
gemeint." Er antwortet nur mit: „Ich wäre da
mir nicht so sicher?"

Dann schließt der Boy das Hotelzimmer auf,
stellt die Koffer hinein, zeigt ihnen alles und
fragt, passt so weit alles, nachdem er ein
Trinkgeld bekommen hat, verlässt er das
Zimmer eilig. Lucy und Struppi schauen sich
um. Dabei bemerkt der junge Rüde: „Das
Zimmer ist sehr klein, da haben wir keinen
Platz." Sie lästert: „Du kannst gerne auf dem

Balkon übernachten, dann habe ich meine Ruhe." Ihr Freund lästert zurück: „Dein Arsch ist größer, als das ganze Zimmer, kein Wunder, dass der Boy so eine komische Frage gestellt hat." Die vierfüßige Dame schimpft zurück: „Du brauchst ja, meinen schönen Hintern nicht mehr beschnüffeln." Inzwischen räumt Frauchen die Sachen aus dem Koffer und Herrchen holt noch einige Sachen aus dem Auto.

Der junge Rüde schnüffelt das ganze Zimmer ab und am Bett hebt er sein kurzes Beinchen und markiert es. Frauchen sieht das und schimpft: „Struppi du Dreck Bär, das glaube ich nicht, kann man euch nirgends mitnehmen?" Sie zieht ihm ein Wäschestück über und flucht vor sich hin. Ganz entsetzt schaut er jetzt sein Frauchen an und verteidigt sich: „Das waren doch nur ein paar Spritzer, ich will doch nur meinen Geruch hinterlassen!"

Seine Freundin schüttelt nur ihren großen Schädel und erwähnt: „Du bist wirklich unmöglich, musst du alles, wirklich alles markieren, überall musst du deinen Pimmel hinstrecken?"

Der Übeltäter antwortet empört: „Kaum bist du in der Stadt und schon hast du eine Berliner Schnauze, das lange Autofahren macht eben geil. Am liebsten würde ich heute Nacht noch ein paar Kinder zeugen, damit wir genügend Vorrat haben. So einen richtigen Kamikaze Sex, immer voll drauf."

Seine Freundin antwortet: „Den musst du schon alleine machen, du kannst ihn zwischen die Pfoten nehmen und dir selber einen blasen." Sie muss dabei selbst lachen: „Bist du wirklich so blöd, Kinder kann man nicht auf Vorrat machen." Von ihm kommt noch: „Ich wollte nur sichergehen."

Herrchen kommt bei der Tür herein und Frauchen berichtet ihm sofort, was Struppi getan hat. Sofort bekommt der Arme noch einmal mit einem Hemd eine übergezogen und schimpft ihn dabei: „Struppi das macht man nicht, du bist ein Dreck Bär." Lucy lacht und bestätigt: „Ein schöner Name für dich, findest du nicht?"

Struppi meint daraufhin: „Manchmal bin ich gerne eine richtige Drecksau." Lucy kontert sofort: „Aber nicht bei mir, du hast heute Pech." Dann legen sie sich in ihr Körbchen und warten, bis Frauchen und Herrchen die Sachen aufgeräumt haben. Dann ruhen sie sich gemeinsam aus.

Bis Herrchen aufsteht und fragt: „Wollen wir gemeinsam Essen gehen." Sie will wissen: „Wohin gehen wir, kennst du dich aus?" Er antwortet: „Ich habe von einem Kollegen einen Tipp bekommen, mehr als ausprobieren können wir es nicht?"

Sie nehmen die Hunde an die Leine und verlassen das Hotel. Sie lassen das Auto in der Hotelgarage und laufen mit ihren Hunden zu dem Restaurant, das so gut sein soll. Lucy kann es nicht lassen und jammert ihren Freund an: „Ich hoffe, dass die beiden etwas Feines essen und wir davon ein paar gute Happen abbekommen. Ich halte das nicht aus, da sind so viele Leute unterwegs, ich habe Angst, dass ich getreten werde. Hier kann man nicht richtig laufen und laut ist es auch, hier wird man ja taub!"

Struppi erwidert niedergeschlagen: „Ich habe
dir vor einiger Zeit erzählt, dass Berlin keine
schöne Stadt für Hunde ist. Ich glaube, die
gehen bestimmt in ein ausländisches
Restaurant, das Zeug kann man nicht fressen,
Herrchen hat mir von einem Chinesen einmal
einen Brocken abgegeben, ich bekam Durchfall
und hatte tagelang Blähungen." Lucy lästert:
„Wann hast du keine Blähungen, aber du hast
recht, das Zeug würde ich wahrscheinlich auch
nicht vertragen."

Es dauert nicht lange und sie sind angekommen
und gehen hinein. Lucy fragt sofort ihren
Freund: „Gibt es hier etwas Gutes." Er
antwortet: „Ich glaube Italienisch." „Was ist
das, kann man das essen?" kommt es von ihr.
Er lacht: „Lassen wir uns überraschen, was sie
bestellen." Gleich kommt ein Ober zu ihnen
und sie bekommen einen Tisch zugewiesen. Die
Hunde legen sich sofort untern Tisch und
machen es sich gemütlich. Lucy stöhnt: „Du
glaubst es nicht, ist das schön dazuliegen und
seine Ruhe zu haben, nach diesem stressigen
Fußmarsch, das haltet ja kein Hund aus!"

Kurze Zeit darauf bestellen sie, Frauchen bestellt eine Pizza und ihr Freund ein Nudelgericht. Dazu trinken beide ein Bier. Struppi flüstert zu ihr: „Das kann nichts Gutes sein, ich habe kein Fleisch vernommen." Seine Freundin lästert: „Dass sie nie an uns denken, unmöglich, ich denke an Rache!"

 Zuerst serviert der Ober die Getränke. Frauchen und Herrchen stoßen an und trinken einen Schluck. Die Hundedame kann ihr Maul nicht halten: „Die machen es sich schön und wir liegen armselig unterm Tisch." „Willst du zurück auf die Straße, also halte dein großes Maul", kontert ihr Freund.

 In diesem Moment bringt der Ober, etwas zum Essen. Frauchen ist begeistert von diesem Essen, genauso lobt er seines. Lucy meutert: „Was ist mit uns, bekommen wir nichts?" Er kontert angewidert: „Das Zeug willst du fressen, du bist schlimmer, als eine Sau, du frisst alles in dich hinein, Hauptsache satt." „Sei du ruhig, du frisst selbst Gummis", verteidigt sich Lucy.

Dann ist es Frauchen die unter den Tisch schaut und streckt ihnen ein Stück Pizza mit Salami zu. Lucy meint: „Das riecht komisch, kann man das Essen?" Die beiden verschlingen, das Stück schnell hinunter. Herrchen gibt ihnen ein paar Nudeln mit Hackfleisch und viel Knoblauch.

Kurz darauf fängt Struppi an zu jammern: „Man geht es mir im Bauch um, ich glaube, ich habe eine Waschmaschine verschluckt." Dann tönt ein lauter Furz unter dem Tisch hervor. Lucy schreit: „Struppi du Sau."

Alle Leute im Lokal drehen ihre Köpfe zu ihrem Tisch. Frauchen und Herrchen bekommen einen roten Kopf, wissen in diesem Moment nicht, was Sie tun sollen. Sofort kommt ein widerlicher Gestank hervor. Den beiden wird es schlecht und ringen nach Luft. Alle Gäste um sie herum tuscheln. Herrchen und Frauchen wollen nur schnell zahlen und das Lokal verlassen. Es ist ihnen peinlich und trauen sich nicht links und rechts einen Blick zu werfen.

Keine paar Schritte aus dem Lokal schreit Frauchen ihren Hund an: „Struppi du Sau, du bist nur peinlich, mit dir kann man nirgends hingehen, wir müssen uns deinetwegen schämen." Verlegen schaut Struppi zur Seite, seine Freundin kann sich das Lachen nicht verkneifen und faucht: „So eine Sau habe ich als Mann und Erzeuger meiner Kinder, da kann nichts Gutes dabei herauskommen." Herrchen ist genauso sauer auf ihn und beachtet den Hund überhaupt nicht mehr. Sie laufen zurück zum Hotel.

Die vierfüßige Dame schimpft sofort wieder los: „Das ist nicht auszuhalten. So viele Leute, ich muss einen Slalom laufen, damit man nicht getreten wird. Vor lauter Beine sehe ich nichts mehr und kein bisschen Gras ist zu sehen. Mir gefällt es überhaupt nicht, ich will nach Hause!"

Ihr Freund antwortet: „Ich wollte gar nicht hierher. Ich habe gleich gesagt, dass es hier nicht schön ist." Sein Hintern bläst unterdessen einen nach dem Andern hinaus. Die auch nicht zu überhören sind.

Die beiden Hunde vernehmen, als er sie fragt: „Ich glaube, wir müssen eine Wiese für ihn finden?" Sie antwortet: „Wo soll hier ein Stück Grün sein, wo sich Struppi erleichtern kann, hast du einen Beutel dabei?" „Nein, ich weiß auch nicht, wo ich einen ziehen kann", kommt es von ihm zurück. Struppi wird ganz nervös und weiß nicht, was er machen soll. Er flüstert zu seiner Partnerin: „Ich brauche mal ein stilles Örtchen, ich weiß nicht wohin?" Sie kontert unwissend: „Gute Frage, dann musst du halt einfach auf die Seite gehen." Er antwortet verlegen: „Dann werde ich bestimmt geschimpft."

Struppi zieht auf die Seite, macht einen Buckel und erleichtert sich. Passanden beschimpfen sofort Herrchen und Frauchen. Was sie alles zu hören bekommen sind absolut nicht feine gewählte Worte. Struppi schaut zur Seite und ist verlegen, die Augen sind traurig auf den Boden gerichtet. Herrchen bekommt von einem fremden Mann, der ihn furchtbar beschimpft, eine Faust ins Gesicht geschlagen und dieser sucht danach schnell das Weite. Seine Nase blutet, Frauchen holt aus der Handtasche ein Taschentuch und drückt es ihm auf die

Platzwunde. Sie ziehen die Hunde weiter und sie flüchten schnell.

Aber womit sie nicht gerechnet haben, ein Ordnungshüter hat alles beobachtet und hält sie auf. Herrchen muss eine Strafe bezahlen und Frauchen muss den Kot von Struppi entfernen. Der Schläger bleibt verschwunden.

Die Stimmung von den beiden ist durch den Vorfall nicht gut. Frauchen und Herrchen würden am liebsten alles zusammenpacken und nach Hause fahren. Aber zuerst braucht Herrchen eine ärztliche Behandlung, seine Nase blutet und schmerzt furchtbar.

Sie gehen zum Hotel zurück, bringen die Hunde auf das Zimmer und fahren zu einem Notdienst. Hier verbringen die beiden, die halbe Nacht, bis die Nase versorgt ist. Sie ist gebrochen, der Kontrahent hat gut zugeschlagen. Deswegen will Herrchen eine Anzeige erstatten.

Unterdessen ist das Hundepärchen alleine auf dem Zimmer, Lucy legt sich gelangweilt in ihr Körbchen und lamentiert: „Das habe ich mir anders vorgestellt und du hast ganz schön was

angestellt, Herrchen wird sauer auf dich sein?"
Er antwortet resigniert: „Das war schon früher
auch nicht anders, das ist eine Großstadt und für
uns nicht geeignet. Jetzt werden wir wohl die
meiste Zeit auf dem Zimmer verbringen?" Sie
fragt daraufhin: „Das ist aber langweilig, was
sollen wir tun?"

Struppi springt hoch und jubelt: „Ich wüsste
eine schöne Beschäftigung" und legt sich neben
seine Freundin hin. Seine Freundin faucht:
„Was du dir jetzt vorstellst, kannst du dir
schnell abschminken." Sofort geht seine Nase
an Lucys Hinterteil und riecht genüsslich daran
und flüstert: „Ist das schön, du riechst jetzt, aber
ganz anders."

Die Hündin antwortet gelangweilt: „Ich hätte
meine Tage bekommen sollen, aber die sind
nicht gekommen." Sofort springt Struppi auf
und sein Gesicht strahlt, er ruft in den Raum,
soll das vielleicht heißen, dass du schwanger
bist? Sie antwortet vorsichtig: „Ich drücke mich
vorsichtig aus, es wäre möglich?" Struppi meint
daraufhin: „Dann würde ich sagen, dann
machen wir es perfekt" und seine Nase richtet
sich zu ihrem schönen, großen Hintern.

Seine Laune ist auf dem Höhepunkt und will unbedingt seine Freundin umstimmen. Lucy sagt lächelnd: „Das werden keine Berliner Kindl, da bin ich mir sicher." Struppi bedrängt seine Freundin zärtlich und flüstert: „Bald sind wir eine Familie." Sie antwortet: „Ich kann es mir immer noch nicht vorstellen, mit so einem Vater." „Glaube mir, ich schaffe das schon, ich werde mir große Mühe geben und freue mich auf die vielen kleinen Racker aufzupassen", kommt es freudig von ihm zurück.

Struppi streichelt mit seiner Zunge immer intensiver ihren Hintern und hofft, dass sie nachgibt. Sie faucht ihm zu: „Kannst du keine Ruhe geben, du willst doch nur das eine, du geiler Bock!" Er prahlt: „Zehn Babys sollst du bekommen, dann ist was los in der Bude." Die Hundedame lacht: „Die tanzen dir ganz schön auf deiner langen Nase herum, dann denkst du, nicht mehr an so einen Blödsinn." Struppis Liebkosungen werden immer intensiver. Bis Lucy mault: „Komm her, damit du endlich Ruhe gibst." Sie verbringen eine schöne Liebesnacht, bis Frauchen und Herrchen mitten in der Nacht schimpfend in das Zimmer stürmen.

Sie kommen stürmisch in das Hotelzimmer und schauen sich um und er beschimpft sofort Struppi: „Was hast du mir angetan, kannst du dich nicht ein bisschen zusammenreißen? Du kannst dich nicht benehmen, kackst einfach mitten in Berlin auf den Bürgersteig. Ich musste deinetwegen zum Notarzt und dann noch bei der Polizei vorbeischauen, um eine Anzeige zu machen. Weil es noch nicht genug war, musste ich eine Strafe zahlen." Struppi mault zurück: „Ich wollte nicht hierher, somit kann ich nichts dafür!"

Lucy weist darauf hin: „Sieh dir Herrchens Nase an, die sieht jetzt genauso aus, wie deine, ihr könnt jetzt im Partnerlook Gassi gehen, ist das nicht schön." Struppi witzelt: „Dann musst du das mit Frauchen auch tun, damit sie auch so eine Supernase bekommt." Frauchen beruhigt jetzt ihren Freund: „Beruhige dich und hole aus dem Kühlschrank zwei Bier, wir können nichts mehr daran ändern." Er lamentiert: „Ist nicht gerade toll, wenn ich mit dieser Nase, morgen im Geschäft erscheinen muss." Sie meint: „Dann trinken wir aus und gehen ins Bett!"

Die beiden Hunde, beobachten alles, was die beiden tun. Lucy flüstert ihrem Freund zu: „Siehst du, das ist alles halb so schlimm, die gehen in ihr Bett und tun wie immer das Gleiche und morgen in der Frühe ist alles vergessen, aber lass den Gummi in Ruhe." Struppi erwidert gelangweilt: „Ich habe keine Lust aufzustehen, vielleicht benutzen sie keinen und wollen Kinder bekommen." Lucy sagt wissend: „Wie ähnlich wir uns sind, wir wollen immer nur das Eine, Kinder und Sex." Sie bekam Recht und die Nacht verlief genauso. Struppi kuschelte sich noch enger an seine Freundin und sie schlafen glücklich ein.

Frauchen und Herrchen stehen sehr früh auf, wecken ihre Hunde um Gassi zu gehen. Struppi schaut sein Herrchen sehr müde an und fragt: „Muss das sein, so ein Stress in aller Frühe." Lucy macht alle Glieder lang und streckt sich: „Ist doch schön, an einem schönen Sommermorgen Gassi zu gehen, da ist es noch ruhig und es sind nicht viele Leute unterwegs." Die beiden gehen mit ihnen in die Tiefgarage, steigen ins Auto und fahren zu einer großen Wiese.

Lucy fragt sofort ihren Freund: „Kennst du die Wiese." Er antwortet: „Habe ich noch nie gesehen, ich wusste nicht, dass es in dieser hässlichen Stadt etwas Grünes gibt." Sie treffen auf einige andere Hunde und unterhalten sich.

Ein Schäferhund fragt sie: „Ihr seid komische Gestalten, wo kommt ihr den her?" Lucy und Struppi erzählen, wie schön sie es zu Hause haben. Der große Hund antwortet: „Ich komme mit euch, wenn es zurück in eure Heimat geht, denn ich kann oft mehre Tage nicht ohne diese blöde Leine laufen und kann mich nur am Wochenende austoben, da fährt mein Herrchen meistens mit dem Auto mit mir irgendwo hin. Da kann ich spielen und rennen. Sonst nie, das ist deprimierend."

Dem Hundepärchen tun die Hunde hier in der Großstadt leid. Sie sagt daraufhin: „Einen komischen Dialekt hatte der Schäferhund, ich habe ihn fast nicht verstanden." Er erwidert: „Der hat einen typischen Berliner Dialekt, hier kannst du viele fremde Sprachen hören, die verstehen wir überhaupt nicht und die uns auch nicht."

Sie fahren dann wieder zurück, denn Herrchen muss zur Arbeit. Struppi meint: „Vielleicht hätte ich schon zu Hause, einen Gummi fressen sollen, dann hätte ich eingepackt geschissen und Frauchen hätte meine Sache leichter entsorgen können." Lucy lacht und sagt: „Willst du dann jeden Tag einen Gummi fressen, schmeckt er so gut." Er stellt fest: „Nein, er hat so einen bitteren Nachgeschmack, weiß auch nicht warum und ich tue mir so schwer, bis er heraus ist, denn er ist so lang." Lucy fragt: „Warum frisst du ihn dann, wenn er dir nicht schmeckt?"

Bald sind sie im Hotel angekommen und Herrchen macht sich fertig, in die Arbeit zu fahren. Frauchen fragt ihre Hunde: „Was machen mir drei, mit unserem Tag in dieser Großstadt. Ich würde sagen wir machen zuerst einen faulen Tag und legen uns hin und machen den Fernseher an." Sie zieht sich aus, schaltet den Fernseher an, legt sich ins Bett und ruft Lucy und Struppi zu sich. Das muss man den beiden nicht zweimal sagen. Mit einem Satz springen die beiden ins Bett und kuscheln sich zu Frauchen.

Lucy erwähnt: „Könnte das nicht jeden Tag so schön sein?" Er meint: „Mir reicht das, wenn ich neben dir im Körbchen liege." Sie schnauzt daraufhin, reiß dich zusammen und furze nicht, damit wir gemeinsam ein paar Stunden liegen bleiben können. Es dauert nicht lange und alle drei schlafen gemeinsam ein.

Struppi kuschelt sich fest zu Lucy hin. Sie kuschelt sich zu Frauchen hin und sie legt vorsichtig ihren Arm um die Hunde. So schlafen sie ein paar Stunden, bis Frauchen wach wird und aufsteht und ruft: „Jetzt brauche ich einen starken Kaffee."

Schnell ist sie aus dem Bett gestiegen und zieht sich an. Lucy mault resigniert: „Bestimmt müssen wir dann mit ihr Gassi gehen?" Struppi erwidert: „Ich würde gerne hier liegen bleiben." Sie gibt ihm recht: „Ja, das wäre schön, ich möchte nicht zwischen den vielen Füssen laufen." Struppi lamentiert: „Das ist Stress pur!" Seine Freundin jammert: „Ich habe Angst hinauszugehen."

Frauchen trinkt gemütlich ihren Kaffee und raucht dabei eine Zigarette, dann nimmt sie die beiden Leinen und geht mit den Hunden auf die Straße. Lucy mault sofort los: „Schau dir das an, das überlebe ich nicht, die vielen Füße." Struppi schimpft: „Die zertreten uns und alle haben es anscheinend eilig, die sehen uns bestimmt nicht." Lucy drückt sich ängstlich gegen eine Hausmauer und zittert vor Angst. Struppi stellt sich mutig neben sie und sagt mutig: „Ich bin bei dir und beschütze dich und Frauchen passt auf uns auf." Sie bemerkt sofort, dass es ihren Hunden nicht gefällt und meint daraufhin: „Ich denke, wir müssen nach einer Seitenstraße suchen, da ist es bestimmt ruhiger."

Es dauert nicht lange und sie haben eine gefunden. In diese laufen sie schnell hinein. Lucy und Struppi schnaufen tief durch, als sie von dem Trubel entkommen sind. Struppi markiert sofort genüsslich eine Hausmauer, Lucy hat einen Platz gefunden und setzt sich hin und kann auch ihre Blase entleeren. Sie schnauft gestresst: „Man, bin ich froh, wenn wir zu Hause sind!" Sofort wollen die Hunde umdrehen und ins Hotel zurückgehen. Frauchen jammert: „Wo kann man hier gemütlich laufen, das ist furchtbar, ihr zwei müsst eine furchtbare Angst haben?"

Sie läuft mit ihnen gemütlich einige Seitenstraßen durch. Diese Gegend gefällt ihnen überhaupt nicht. Dunkle verkommene Gassen, einige Kneipen und Geschäfte, die nicht einladend aussehen. Nicht ein Passant, der innen über den Weg läuft, kann ihre Sprache sprechen. Ihnen wird ganz komisch zumute. Frauchen fragt ihre Hunde, wo sind wir da gelandet?

Einige Hunde laufen ihnen über den Weg. Sie haben nur ein Halsband und laufen planlos umher. Sie kommen auf Lucy und Struppi zu gerannt und beschnüffeln sie. Lucy mault die Hunde an und sagt: „Was wollt ihr Flohschleudern von uns."

Ein größerer Mischling, geht erschrocken zurück und erwidert: „Was reden du, isch deutsch Hund, isch hir aufgewachsen." Lucy muss lachen und antwortet: „Wenn du ein deutscher Hund bist, dann bin ich ein Pekinese." Der Hund sieht die Zwei verwundert an und sagt überzeugt: „Isch glaub nich, dass du deutsch Hund bisch." Struppi erwidert gelassen: „Er kann nichts dafür, ist ein netter Kerl, sein Herrchen hat ihn so ein Kauderwelsch gelernt." Dann erschallt ein lauter Pfiff und alle Hunde schauen in diese Richtung. Ein Ruf und der Hund dreht sich um und läuft zu seinem Herrchen. Lucy mault hinterher: „Was war das für ein komischer Typ." Ihr Freund wiederholt sich: „War doch nett, er kann doch nichts dafür, dass er so komisch spricht", und sie laufen danach weiter durch die Seitenstraßen.

Einige der Leute pfeifen Frauchen hinterher. Plötzlich kommt ein ungepflegter Typ ihnen entgegen und macht das Frauchen an. Sie soll mitkommen, er will sie haben. Er packt sie am Arm und will sie in ein Eck ziehen. Lucy und Struppi müssen mitansehen, dass ihr Frauchen von einem unbekannten Typ grob angefasst wird. Sofort bellen und knurren sie den Mann an. Lucys Stimme überschlägt sich und beißt den Mann zugleich in den Fuß.

Einige Passanden bemerken die Not Frauchens und springen sofort zu ihr und ziehen den ungepflegten Mann auf die Seite, er wehrt sich daraufhin heftig. Ein Mann schlägt ihm sogar auf die Nase, die sofort blutet. Die Männer und Frauen kommen zurück und entschuldigen sich für den Vorfall im gebrochenen Deutsch.

Frauchen sagt daraufhin: „Sie können nichts dafür, dass der Mann sie belästigt hat." Aber die Leute meinen: „Ihre Wohngegend sei bekannt für solche Vorfälle." Lucy und Struppi hören gespannt zu und sie erwähnt: „Ich würde keinen dieser Leute trauen, die würden mein Fell klauen ohne, dass ich es bemerke!"

Struppi lacht und kontert: „Die haben Frauchen geholfen und würden keinem etwas tun, da gibt es viel schlimmere Leute mit Anzug und Krawatte, die dich um deine letzte Wurst betrügen." Lucy schleckt mit der Zunge ihr Maul ab und mault: „Pfui, der Typ hat vielleicht schlecht geschmeckt, den Geschmack bringe ich bestimmt eine Ewigkeit nicht mehr aus meinem Maul. Ich benötige dann ein gutes Fressen, damit ich den ekligen Geschmack aus meinem Maul bringe, vielleicht eine gute Wurst und die lasse ich mir bestimmt nicht klauen, auch nicht von dir!"

Zur gleichen Zeit unterhält sich Frauchen mit den Leuten, sie erwähnt: „Sie würde sich gerne irgendwo in Ruhe hinsetzen und einen Kaffee trinken." Die Leute überlegen kurz und dann begleiten sie die drei bis zu einem kleinen Kaffee. Setzen sich zusammen hin und trinken alle zusammen mehrere Tassen Kaffee und unterhalten sich. Lucy und Struppi bekommen zur Überraschung noch eine Wurst, der deutsche Hund gesellt sich dazu und die beiden können sich mit ihm unterhalten. Lucy ändert daraufhin die Meinung über diese Gegend und berichtigt: „Manchmal kann man sich auch täuschen?"

Sie verschlingt mit großem Genuss die Wurst und schmatzt mit vollem Maul Struppi zu: „Endlich habe ich den Geschmack von dem Penner weg." Der deutsche Hund fügt hinzu: „Der Mann hat Glück gehabt, dass ich nicht zugebissen habe, sonst würde er nicht mehr laufen oder ich hätte ihm in den Schniedel gebissen, das wäre ihm nicht gut bekommen." Lucy lacht: „Das hätte mir gefallen, das wäre lustig gewesen, aber diesen Geschmack hättest du nie mehr aus deinem Maul gebracht und dazu hättest du dich mit Mundfäule angesteckt."

 Bald darauf, Frauchen unterhaltet sich angeregt mit den Leuten, klingelt ihr Handy, Herrchen ist am anderen Ende und erwähnt: „Dass er für heute mit der Arbeit fertig ist und nur Morgen noch kurz in der Frühe in der Arbeit erscheinen muss. Danach hat er den Rest der Woche zur freien Verfügung. Er kommt sofort ins Hotel." Frauchen erzählt ihm, was vorgefallen war und beschreibt, wo sie sich jetzt befindet. Sie erzählt den Leuten, dass ihr Mann hierherkommt und sich sehr freut sie kennenzulernen!

 Lucy hat alles mitgehört und fragt sich: „Soll das heißen, wir bleiben noch länger hier, in dieser doofen Stadt?" Der deutsche Hund fragt sie daraufhin: „Was wilsch du, hier isch schön." Struppi kontert sofort und berichtigt: „Du kennst unsere Heimat nicht, du würdest nicht mehr zurückwollen." Seine Freundin fängt an zu erzählen von ihrer Heimat und der deutsche Hund stellt seine Ohren auf und hört aufmerksam zu. Als sie fertig ist, mit erzählen,

jammert der Hund, da möchte ich auch hin, ich
kenne nur das Viertel mit den vielen Häusern,
überhaupt kein Gras und Bäume, die man
anpinkeln kann. Die beiden finden es sehr
traurig, dass ihre neuen Freunde, die schönen
Wiesen, Flüsse und Bäume nicht kennenlernen
können.

Immer neue Hunde gesellen sich zu ihnen und
Lucy muss von neuem erzählen, gespannt hören
sie zu, manche behaupten daraufhin, sowas gibt
es nicht, du erzählst uns ein Märchen. Struppi
bestätigt es und spricht weiter zu ihnen: „Ihr
braucht nur aus der Stadt zu laufen, dann seit
ihr in einem grünen Paradies." Die Hunde
meinen, wir kennen uns nur in diesem Viertel
aus und wir haben Angst vor den vielen Autos
und Leuten. Lucy ist daraufhin traurig und weiß
nicht, wie sie ihren neuen Kumpels helfen kann.

Dann kommt Herrchen zu ihrem Tisch und
setzt sich freudig dazu, alle Hunde begrüßen ihn
mit großer Freude, er weiß nicht welchen er
zuerst begrüßen soll. Dann bedankt er sich bei
den mutigen Helfern, die seiner Frau geholfen
haben und bestellt für alle noch etwas. Lucy
fragt sich: „Sollen wir vielleicht den ganzen

Tag, neben dem blöden Tisch liegen, ist das langweilig." Einer der Männer sagt zu ihrem Herrchen, nehmen sie ihre Hunde von der Leine, hier sind die vierbeinigen Freunde sicher.

Das Hundepärchen ist froh, dass sie von der Leine gelassen werden, so streunen sie mit ihren Freunden durch die Straßen des Viertels, sie tollen, unterhalten und beschnüffeln sich. Stundenlang sind sie mit den Berliner Streunern zusammen. Struppi wundert sich: „Frauchen und Herrchen haben heute ein ganz besonderes Sitzfleisch." Sie sitzen ganz ausgelassen und lustig mit den Leuten zusammen, sie sind inzwischen vom Kaffee auf andere Getränke umgestiegen und es sieht so aus, als würden sie noch eine ganze Weile zusammen sitzen bleiben.

Plötzlich steht eine schöne große schlanke Dobermann Frau vor ihnen, alle Köpfe drehen sich zu ihr um, ebenso Lucy und Struppi. Die Dame steht ruhig da und visiert alle anwesenden Hunde und spricht im gebrochenen Deutsch: „Wir habe zwei Neuzugänge, die werde ich mir sofort begutachten." Dann

stolziert sie auf die Beiden vorsichtig zu. Ihr
großer Schädel senkt sich zu den beiden
herunter und schnüffelt sie von oben bis unten
ab. Dabei fragt sie: „Ihr seid ein Pärchen?"
Lucy fragt sofort: „Wie kommst du darauf." Die
anderen beschimpfen die Dobermannhündin:
„Was will die eingebildete Dame hier, die soll
doch verschwinden, wo sie hingehört?"

Sie erwidert herablassend daraufhin: „Lass sie
reden, ich bin einfach zu groß für sie, dafür
kann ich aber nichts. Ich tue aber keinem
etwas." Lucy fragt nochmal: „Wie kommst du
darauf, dass wir ein Pärchen sind?" Sie
antwortet im gleichen Atemzug: „Ihr kommt
nicht von dieser Gegend und du hast an dir
einen ganz eigenartigen Duft, als wenn du in
anderen Umständen wärst." Ihr Kopf hebt sich
mit einem Ruck in ihre Richtung und stöhnt:
„Ich glaube, mir wird plötzlich schlecht?"

Die große Dame lächelt: „Findest du es nicht
schön, dass du kleine süße Babys bekommen
wirst." Lucy erwidert entsetzt: „Du kennst aber
diesen Typ nicht, der wird mit sich selber nicht
fertig." Die Dame fragt: „Der unförmige Typ
neben dir, dann kann ich dich verstehen!"

Struppi hört das und fragt seine Freundin: „Du bist wirklich in anderen Umständen, ich glaube es nicht, ich werde Vater?" Alle um ihn herum, fangen an zu Lachen und witzeln, das werden komische unförmige Geschöpfe werden, aber trotzdem gratulieren sie dem Paar und ulken weiter: „Mach dir nichts daraus, für dich sind die Kleinen immer schön." Seine Freundin ist momentan total niedergeschlagen und kann es noch nicht glauben, dass sie Nachwuchs bekommen wird und dazu von Struppi.

Lucy weiß nicht, soll sie glücklich sein oder weinen. Die anderen Hunde reden ihr gut zu. Ihr Partner hingegen ist in bester Laune und gibt seiner Freundin schnell einen dicken Kuss. Sie fragt sich: „Ich kann es noch nicht glauben, dass ich in anderen Umständen bin, das kann eigentlich nicht sein." Der junge Rüde jubelt: „Ich freue mich darauf, wir werden eine richtige Familie."

Frauchen beobachtet die Hunde und fragt: „Was ist mit unseren Hunden los, die benehmen sich so komisch?" Die Anderen am Tisch sagen nur, die wollen nur ein bisschen herumtollen. Was soll da falsch sein. Struppi schnuppert an ihrem Hintern und ist überzeugt: „Du riechst wirklich anders, du bekommst wirklich Nachwuchs." Lucy verrenkt sich und schnuppert ihr Hinterteil gewissenhaft ab und sagt dabei: „Ich rieche nichts Besonderes, was soll da anders sein?"

Die große Dame bestätigt: „In dieser Hinsicht habe ich mich noch nie geirrt, du bist schwanger!" Sie heult: „Nein!" Ihr Freund jubelt: „Ja!" Der deutsche Schäferhund lacht und fragt lässig: „Wisst ihr, was ihr wollt?" Lucy legt sich mitten auf die Straße und schluchzt: „Meine Ruhe!" Sie schmollt vor sich hin.

Es dauert nicht mehr lange und Frauchen und Herrchen brechen auf, um zurück ins Hotel zu gehen. Lucy und Struppi sind auf dem Nachhauseweg ganz still. Frauchen fragt ihren Freund: „Unsere Hunde sind heute ganz komisch." Er erwidert lässig: „Ich bemerke nichts, was soll bei ihnen anders sein?" Sie lästert daraufhin: „Du merkst nie etwas, irgendetwas ist anders, ich spüre es?"

Im Hotel verschwindet Lucy sofort in ihr Körbchen und schmollt weiter. Struppi dagegen ist total aufgezogen und will noch spielen. Frauchen und Herrchen wollen aber gleich in ihr Bett gehen. Er fragt sie: „Glaubst du, dass sie es heute wieder machen, vielleicht wollen sie auch bald Nachwuchs." Seine Freundin schnauzt ihn genervt an: „Du spinnst wohl, du drehst total am Rad, bleib bitte ganz ruhig, für mich ist die Situation nicht ganz einfach."

Frauchen ruft ihre Hunde zu sich ins Bett. Herrchen schimpft: „Dann brauche ich nicht mehr ins Bett zu gehen." Er geht sofort an den Kühlschrank und greift sich ein Bier, zapft sofort an und nimmt sofort einen kräftigen Schluck. Sie sagt ganz lieb: „Ich will doch nur ein paar Minuten mit ihnen kuscheln, dann gehen sie in ihr Körbchen, trinkst du immer alleine?" Er öffnet im gleichen Atemzug ihr ein Bier und überreicht es ihr. Sie spürt, dass die Hündin sehr liebebedürftig ist, sie drückt sich ganz eng an Frauchen hin. Struppi hüpft ganz übermütig im Bett herum und singt: „Lucy ist schwanger und bekommt bald Babys, Juhuu, Juhuu."

Lucy faucht: „Halt endlich dein Maul, ich kann es nicht mehr hören, bitte!" Frauchen fragt ihre Hündin vorsichtig: „Lucy, irgendetwas stimmt mit dir nicht, aber geht jetzt in euer Körbchen, dass Herrchen keine schlechte Laune bekommt."

Lucy legt sich ins Körbchen und macht sich richtig lang. Struppi kommt ganz aufgedreht dazu und fragt frech: „Machen wir noch ein paar Kinder." Die junge Hundedame faucht ihren Freund ganz böse an: „Halts Maul!" Die Schnauze von Struppi ist an Lucys Hintern und riecht aufdringlich daran und er erwähnt: „Ich rieche wirklich nichts Ungewöhnliches, nur, dass du wie immer sehr gut duftest." Seine Freundin sagt schlecht gelaunt: „Dir könnten unsere Kinder auf die Schnauze kacken und du würdest nichts riechen."

Er schleckt zärtlich ihren Hintern ab und sie mault ihn an, was willst du schon wieder. Struppi flüstert jetzt lieb: „Ich will nur zärtlich sein, zu unserer jungen Mutti." Sie warnt ihn: „Das soll ich glauben, hör auf, ich bin da gerade sehr empfindlich." Aber er hört nicht auf und macht weiter.

Herrchen macht das Licht aus und kuschelt sich zur seiner Freundin hin. Sie fragt: „Haben wir keine Gummis mit." Er antwortet: „Haben wir vergessen, die Packung liegt zu Hause auf dem Wohnzimmerschrank." Sie meint: „Wird schon nichts passieren." Die beiden geben sich ihrem Liebesspiel hin.

Struppi hört das und sagt zu seiner Lucy: „Ich halte das nicht aus und bedrängt sie zärtlich." Sie jammert genervt vor sich hin: „Das ist unmöglich, die einen treiben es im Bett und mein Freund gibt auch keine Ruhe, was soll ich da machen, das ist schlimmer, als in einem Pornofilm." Er entschuldigt sich: „Tut mir leid, aber ich mag dich und das alles hier macht mich geil." Sie belehrt ihn: „Mich auch, ich will nicht, dass du wild bist, Schatzi, bitte heute ganz lieb sein." Ihr Freund jubelt: „Das werde ich." Somit verbringen die Beiden eine schöne Liebesnacht in Berlin.

Sehr früh schleicht Struppi durch das Schlafzimmer und schnüffelt alles ab. Lucy liegt lachend im Körbchen und schaut ihm zu und fragt: „Suchst du etwas?" Er antwortet: „Was sollte ich suchen?" Sie fragt: „Vielleicht

einen Gummi, hast du Hunger?" Struppi
antwortet genervt: „Ich fresse keinen Gummi
mehr, aber da liegt ein Handtuch und das riecht
sehr gut." Sie fragt: „Es liegt kein Gummi
herum, nur ein benutztes Handtuch?" Struppi
bestätigt: „Ja, wenn ich es dir sage." Sie steht
auf und fragt: „Wo liegt das Handtuch, ich will
auch mal daran riechen?"

Sie schnuppern beide daran, daraufhin bestätigt
sie: „Die haben es wirklich ohne Gummi
getrieben, dann warten wir mal ab!"

Struppi haucht zärtlich zu seiner Geliebten:
„War sehr schön heute Nacht und ich freue
mich wirklich auf unsere Kleinen?" Sie schnurrt
ihm lieb zu: „Ich freue mich auch auf unseren
Nachwuchs, ich habe mich jetzt damit
abgefunden, dass ich Mutter werde."

Struppi erwidert: „Ich hoffe, dass du ein wenig
Geduld mit mir hast, damit ich mich in die
Rolle einfühlen kann." Sie erwidert überzeugt:
„Das schaffst du alleine, da bin ich mir sicher,
du musst einfach in deine Rolle
hineinwachsen."

Jetzt werden Herrchen und Frauchen wach, sie schwingt sich gut gelaunt aus dem Bett, schaut sofort nach ihren Lieblingen und ruft: „Ihr seid auch schon wach, ich will aber erst einen Kaffee trinken, aber dann geht es gleich nach draußen, in die frische Luft, das tut uns bestimmt gut." Lucy krächzt noch müde: „So schnell muss das auch nicht sein." Frauchen macht schnell einen Kaffee, zündet sich eine Zigarette an und geht auf den Balkon. Sie macht die ersten tiefen Züge von der Zigarette, plötzlich rennt sie schnell zur Toilette und übergibt sich.

Ganz blass kommt sie ins Wohnzimmer zurück und lamentiert sehr laut, dass es Herrchen auch mitbekommt: „Ich hoffe nicht, dass es das ist, was ich denke." Herrchen jubelt: „Das wäre doch schön, da würde Leben in die Bude kommen." Sie schreit: „Nein, das darf nicht wahr sein."

Lucy schreit lächelnd zurück: „Doch!" Sie schreit wieder: „Nein!" Frauchen versucht das zu ignorieren und dementiert: „Mir war es einfach nicht gut im Magen, das muss nicht das sein, was ich mir gerade dachte."

Lucy bestätigt: „Aber ich denke so und lass mir das nicht nehmen, was sagst du dazu mein Freund." Struppi antwortet gerne: „Herrchen, ich denke, du musst dich nach einer größeren Wohnung umschauen, vielleicht ein Haus mit großem Garten, das wäre doch geil, oder nicht?"

Herrchen erhebt sich langsam aus dem Bett und geht zu seiner Freundin und nimmt sie in den Arm und haucht ihr zu: „Du willst doch Kinder, das wäre doch schön." Sie antwortet: „Aber nicht gerade jetzt." Er erwidert: „Früher oder später, das ist doch egal. Wenn du jetzt schwanger bist, dann kannst du nichts machen. Ich habe nichts dagegen."

Sie schreit zurück: „Aber ich, wir müssen vor dem Frühstück mit den Hunden hinaus." Lucy und Struppi amüsieren sich. Sie witzelt: „Das wird lustig, unsere Kleinen und ihre Kinder wachsen zusammen auf, da kommt Leben in die Bude, ich freue mich schon darauf." Er prahlt: „Ich erst, daraufhin mache ich mir zur Aufgabe, dass ich auf alles aufpasse." Lucy lästert: „Gerade du, pass du auf dich auf, das wäre besser."

Frauchen fühlt sich immer noch nicht gut. Sie will trotzdem mit den Hunden hinausgehen. Herrchen meint: „In deinem Zustand, lasse ich dich nicht hinausgehen und allein schon gar nicht." Sie sagt wütend: „Ich bin deswegen kein Invalide und geh mit." Sie ziehen sich an und fahren mit dem Auto etwas hinaus, dort können sich die beiden Promenadenmischungen austoben.

Dort treffen sie auf viele Hunde, mit denen sie sich austauschen. Die beiden wollen gar nicht zurück, in das kleine Hotelzimmer. Auch hier bemerken ihre Artgenossen, dass Lucy in anderen Umständen ist. In Lucy kommt große Freude auf und ist stolz darauf, auch Struppi stellt seinen Kopf. Aber es dauert nicht lange und sie müssen wieder zurück ins Hotel.

Frauchen und Herrchen gehen dann zum Frühstück und die beiden, müssen allein zurückbleiben. Lucy motzt sofort: „Die fressen sich jetzt den Bauch voll und was haben wir, nichts, das ist unverschämt." Struppi erwähnt optimistisch: „Vielleicht bringen sie etwas mit."

Nach einer längeren Wartezeit kommen die beiden wieder freudig zurück und siehe da, was hat Frauchen mitgebracht, ein paar Scheiben Wurst. Lucys Gesicht erhellt sich sofort und ihre schlechte Laune ist wie weggeblasen.

Sofort springen die Hunde Frauchen an und wollen ihr das gute Frühstück aus der Hand reißen. Frauchen meint: „Nicht so schnell meine Lieben, ihr bekommt alle etwas, ich teile es gerecht auf." Frauchen bückt sich zu den beiden hinunter, Lucy und Struppi setzen sich brav nebeneinander hin und warten auf ihre leckere Wurst. Redlich teilt Frauchen das Mitbringsel und die Hunde schlingen die Wurst schnell hinunter.

Herrchen treibt sie, jetzt können wir Berlin anschauen. Struppi mault: „Das heißt nichts Gutes. Wir sollen wieder zwischen den vielen Füssen laufen. Das mag ich nicht." Frauchen mahnt: „Wir müssen aber auf unsere Hunde Rücksicht nehmen." Herrchen berücksichtigt: „Wo viele Menschen sind, da bleiben wir eben nicht lange. Wir bleiben diesen Tag noch hier und fahren Morgen wieder zurück, ich habe alles mit dem Hotel geregelt." Lucy jammert:

„Noch einen Tag in der unmöglichen Stadt, das halte ich nicht aus."

Frauchen und Herrchen leinen die beiden an, gehen mit ihnen in die Tiefgarage und fahren in die City. Die beiden Hunde schauen aus dem Fenster und Lucy fragt sich: „Was soll hier schön sein, tausende Leute, die wirr durcheinander laufen, hektisch und immer eilig. Stinkende Autokolonnen, Haus an Haus, kein bisschen Grün, nur Häuserfassaden und ein Geschäft nach dem Anderen."

Ihr Freund erwähnt: „Wir würden das anders gestalten, Hunde müsste man Städte bauen lassen." Lucy spöttelt: „Du würdest nur große Metzgereien bauen." Er sagt freudig: „Das hätte etwas Gutes, wir hätten immer etwas Leckeres zu fressen." Lucy kontert: „Und du würdest noch fetter werden, als was du jetzt schon bist."

Herrchen ist bei seinem ersten Ziel angekommen und hat mit großer Mühe einen Parkplatz gefunden. Frauchen holt ihre Hunde aus dem Auto und sie laufen zu einer Mauer. Lucy fragt ihren Freund: „Warst du schon hier." Er erwidert: „Ich habe dir einmal erzählt, dass ich an eine Mauer gepinkelt habe und man hat sie daraufhin abgerissen." Lucy fragt sich: „Die ist hässlich, was soll daran schön sein. Da hast du ein gutes Werk getan."

Er schnüffelt die Mauer ab und ist der Meinung: „Ich denke, ich tue noch einmal ein gutes Werk", hebt sein krummes Beinchen und pinkelt die Mauer an. Scharrt mit den Hinterbeinen auf dem Asphalt, knurrt dabei und hofft: „Hoffentlich reißen sie die hässliche Mauer ganz ab."

Sie lacht und lästert: „Hier werden aber deine paar Tropfen Urin nicht reichen, wenn sie dich sehen, dann bauen sie die Mauer noch höher." Er prahlt: „Ich strahle sie dann noch an einer anderen Stelle an, das müsste reichen."

Frauchen bestätigt: „Schön, an dieser Mauer zustehen, die eine große Geschichte geschrieben hat, aber eine Schönheit ist sie nicht." Darum ist Herrchen der Meinung: „Ich mache ein Foto von uns zusammen und wir werden uns hier nicht lange aufhalten."

Frauchen fragt: „Wo fahren wir dann hin."
Herrchen meint: „Wir fahren zu einem hohen
Aussichtsturm und trinken dort Kaffee." Sie
steigen in das Auto und fahren ganz woanders
hin und laufen zu einem hohen Turm.

Hier fahren sie mit dem Aufzug hinauf. Struppi
meint, schön, dann brauche ich mich
wenigstens nicht abquälen. Sie lästert sofort:
„Das würde dir aber nicht schaden, denn du bist
nicht gerade sportlich und hast auch keine
Model Figur, du könntest nur eine Werbung für
einen Metzgereibetrieb machen, nicht für ein
Produkt, mit dem man abnehmen kann."

Er prahlt: „Ich bin immer schön, egal was ich
mache." Sie lästert weiter: „Mit deinem Bild
können sie schönen, fettigen Speck verkaufen,
sonst gar nichts." Struppi erwidert: „Tu nicht
so, du siehst auch nicht besser aus. Du bist auch
nicht gerade ein Model." Sie bestätigt
daraufhin: „Ich will auch kein Model sein."
Jetzt müssen die Hunde in einen Aufzug
steigen.

Die Aufzugtüren öffnen sich und sie müssen einsteigen. Lucy sagt neugierig: „Ich gespannt, wohin die Reise geht." Ihr Freund lacht: „Nach oben, wo sonst." Sie lästert, was sie sehr gerne macht: „Dir braucht man nur eine Wurst vor die Nase halten, dann fährst du überall hin." Die Hunde laufen in den Aufzug hinein, die Türen verschließen sich hinter ihnen und der Aufzug setzt sich in Bewegung, schnell geht es nach oben. Einige Leute sind mit eingestiegen.

Lucy jammert: „Das geht mir in den Magen, da wird mir schlecht." Struppi sagt leise: „Mir geht das in den Darm." Sie befiehlt: „Reiß dich zusammen, du wirst doch nicht das machen, was ich mir gerade denke." Struppi flüstert gepresst und schämt sich zugleich: „Ist schon passiert."

Sie mault: „Ich rieche es schon, das ist widerlich." Herrchens Blick wandert sofort zu seinem jungen Rüden hinunter und sagt genervt: „Struppi, das darf doch nicht wahr sein, warum hier." Struppi fragt sich: „Wieso kommt Herrchen gleich immer auf mich?" Sie kann sich das Lachen nicht verkneifen: „Er kennt deinen Geruch und weiß genau, wer am meisten furzt und besonders an den unmöglichsten Stellen, wie in einem geschlossenen Raum oder Aufzug."

Alle Leute im Aufzug ringen nach Luft und schauen auf Struppis Herrchen. Der Hund schaut unschuldig in den Boden und war der Meinung: „Ich war es nicht, der Aufzug ist schuld, wenn er so schnell anfährt, überkommt es mich." Der Aufzug ist noch nicht ganz oben, da furzt der junge Rüde noch einmal, aber so laut, dass es alle im Aufzug hören. Die junge Hundedame muss lachen, sie kann es nicht fassen, dass Struppi sich einfach so gehen lässt. Ein paar Leute schimpfen: „Der Hund furzt den Aufzug voll, schmeißt sie hinaus, das darf nicht wahr sein."

Frauchen und Herrchen würden am liebsten im Boden versinken. Lucy muss laut lachen, sie amüsiert sich köstlich. Die Aufzugtüren gehen auf und die Leute stürmen schnell hinaus. Sie verlassen den Aufzug ganz langsam und Herrchen beschimpft Struppi: „Reiß dich zusammen, ich will, dass du dich im Café anständig aufführst." Sie laufen zu einem Fensterplatz des Cafés und können über die

ganze Stadt blicken. Frauchen flüstert ihrem
Freund zu: „Die Leute schauen noch immer
nach uns." Der Rüde jammert immer noch vor
sich hin: „Ich habe immer noch Blähungen, ich
kann nichts dagegen tun" und er lässt seinen
Druck noch einmal freien Lauf, dass es im Café
überall zu hören ist.

Die Besucher schimpfen. Frauchen faucht jetzt
böse: „Ich denke wir trinken unseren Kaffee
besser unten in einem anderen Café, ich halte es
hier nicht mehr aus, man muss sich ja mit
Struppi schämen!" Herrchen zieht wütend an
der Leine und zieht sie schnell in Richtung
Aufzug und sind schnell verschwunden.

Sie laufen in ein anderes Café und setzen sich
draußen hin. Struppi hört unterm Tisch
Herrchen sagen: „Hier kannst du furzen so oft
du willst, hier stört es keinen Menschen." Lucy
lästert sofort: „Da wäre ich mir nicht so sicher,
wenn er loslegt, wird eure Sahnetorte sauer."

Sie machen dann noch ein paar Besichtigungen
und setzen sich abends mit den Hunden in ein
gutes Restaurant, um zu essen. Hier hat Lucy
wieder etwas zu lästern und mault: „Die beiden

fressen immer das Beste und was ist mit uns, mir fällt vom vielen herumlaufen, fast der leere Magen heraus und wir bekommen ein paar kleine Happen ab. Das ist doch eine Unverschämtheit." Struppi lästert: „Seit du schwanger bist, kannst du ganz schön in dich hineinfressen, in ein paar Monaten kann man dich kugeln. Was kommt da noch auf mich zu?" Lucy antwortet sofort: „Schau dich an, man könnte meinen, du bist kurz vor dem Werfen und bekommst 10 Kinder." Struppi kontert: „Das ist nur meine stattliche Figur, du bist mir nur neidisch."

Bald gehen sie zusammen nach Hause und Frauchen und Herrchen packen die gesamten Utensilien zusammen. Lucy sieht das und jubelt: „Gott sei Dank, es geht morgen wieder nach Hause, wie schön!"

Nur Struppi jammert: „Wenn wir schon die lange Autofahrt hinter uns hätten." Lucy motiviert: „Das schaffen wir auch noch, wenn du nicht laufend furzt." Frauchen muss sich dann unterm zusammenpacken übergeben und flucht: „Das kann doch nicht sein, das darf nicht wahr sein." Lucy lästert wieder: „Doch, das ist wahr und schön, das wird lustig!"

Sie gehen bald ins Bett und sehr früh wird Struppi und Lucy aus dem Bett geschmissen. Lucy ist es, die sofort ihr Maul aufmacht, muss das sein, dass wir aus unserem Schönheitsschlaf gerissen werden und hinaus müssen. Es regnet, besser gesagt, es schüttet, der Himmel hat alle Schleusen geöffnet.

Lucy kann ihr Maul nicht halten und schnauzt vor sich hin: „Bei so einem Wetter gehört es verboten, mit uns hinauszugehen. Frauchen hat einen Schirm dabei und was haben wir, nur ein nasses Fell."

Struppi kontert sofort: „Da kommt mal bei dir endlich, der ganze Dreck herunter, Frauchen hätte dich noch shampoonieren sollen. Mit jedem Meter was du läufst, wird dein Fell heller." „Soll, das heißen ich bin dreckig, schau dich mal an, jetzt weiß ich warum du Struppi heißt, sie dich mal selbst an, du verdreckst den ganzen Gehweg", wettert Lucy entsetzt.

Struppi antwortet: „Bei so einem Wetter vergeht mir das pinkeln, da kommt mehr von oben, als was ich herausbringe, da vergeht einem die Lust." Frauchen hat aber Mitleid mit den beiden Hunden und sagt lieb: „Macht schnell, dann können wir wieder zurückgehen, vielleicht hört es unter der Fahrt auf und wir können dann einen langen Spaziergang unternehmen." Lucy kann es nicht lassen und faucht: „Was meint sie, ich bin doch keine Maschine, dass wir alles auf Kommando können. Aber ich will auch wieder zurück in die warme Stube." Also setzt sich die Hundedame hin und schreit auf Kommando: „Wasser Marsch" und lässt es laufen.

Im Hotelzimmer kommt Frauchen mit einem großen Handtuch auf die Hunde zu. Sofort lästert Lucy: „Das auch noch, mein schönes Fell." Herrchen richtet den Föhn her.

Die Hundedame schimpft: „Muss das sein, dass sie mir das ganze Fell abreibt und dazu noch jedes einzelne Pfötchen heben und schön abtrocknen, danach noch föhnen, das halte ich nicht aus."

Struppi grinst sich eins. Deswegen mault sie
sofort weiter: „Freue dich nicht zu früh, du
kommst auch noch dran." Er mault: „Leider,
das kenne ich zu genüge." Dann kommt
Herrchen mit dem Föhn. Lucy bekommt die
Krise und schreit: „Auch das noch, das volle
Programm, ich halte das nicht mehr aus.
Vielleicht muss ich noch in die Waschmaschine
und werde trockengeschleudert."

Ihr Freund lässt alles einfach alles über sich
ergehen und lamentiert: „Was soll`s, muss halt
sein." Frauchen merkt, dass es den Hunden
nicht gefällt und befiehlt: „Ihr kommt mir nicht
so nass und dreckig ins Auto!"

Lucy erwähnt: „Dreckig ist Struppi, mein Fell
ist immer sauber." Er kontert sofort: „Das riecht
man meilenweit." Lucy ist jetzt zornig, beißt
Struppi in den Allerwertesten und schreit:
„Nimm das sofort zurück!" Er lacht: „Dich
kann man schnell ärgern, ja ich nehme alles
zurück, damit Frieden ist." Frauchen redet lieb
zu ihnen: „Ist doch gut, es ist alles gleich
vorbei, ihr könnt euch jetzt schütteln."

Als die Beiden trocken sind, legen sie sich demonstrativ ins Körbchen und ruhen noch ein wenig. Frauchen und Herrchen gehen noch Frühstücken. Bringen das ganze Gepäck ins Auto. „Keine Ruhe, immer ist etwas los", lästert die genervte Hundedame.

Struppi ist der Meinung: „Ist doch lustig, wie sich die beiden abrackern, ich möchte das Zeug nicht schleppen, ich bin doch kein Esel." Sie kann ihr Maul nicht halten und witzelt: „Aber genauso blöd, wie ein dummer Esel." Ihr Freund berichtigt: „Ein Esel ist nicht blöd, der weiß ganz genau, wann er nicht mehr laufen will." Sie lacht: „Dann halte jetzt besser deine Schnauze."

Dann ist es so weit, Frauchen und Herrchen kommen vom Frühstück zurück und leinen die Beiden an. Widerwillig steigen sie ins Auto. Lucy meutert: „Muss das sein, noch einmal stundenlang Autofahren." Struppi antwortet: „Ausnahmsweise muss ich dir recht geben, das ist langweilig."

Kapitel 7

Die Heimfahrt

Lucy ist nicht gerade erfreut, sich für sehr lange Zeit in das Auto zu legen, natürlich muss sie, bevor es losgeht, ihre Schnauze aufmachen und lästern: „Gemütlich ist es nicht gerade im Auto, es könnte schon ein wenig wärmer sein, eine große Tasche steht auch auf unserem Sitz, sodass wir kaum Platz haben, wie sollen wir so die verdammt lange Fahrt durchhalten." Struppi muss natürlich kontern: „Du wirst wohl mit deinem fetten Hintern Platz haben." Sie wird wütend und schreit ihn an: „Du meinst, dass mein Hintern fett ist, das verzeihe ich dir nie, dann kommst du an meinem fetten Hintern nicht mehr ran, schau doch deinen fetten Arsch an, der nimmt schon den ganzen Platz von der Bank ein, das ist eine Frechheit, was du von dir gibst, wo soll ich da noch hin?"

Frauchen bemerkt den Unmut, bei ihren Hunden und sieht die große Reisetasche auf der Rückbank und schnauzt sofort ihren Freund an: „Fällt dir nicht blöderes ein, als die große

Reisetasche auf die Rückbank zu stellen, die Hunde haben doch kaum Platz, man bemerkt bei dir immer wieder, das du kein bisschen an unsere Lieblinge denkst, Hauptsache du hast das Gepäck irgendwie verstaut."

Sie nimmt sofort die Tasche von der Rückbank und wirft sie ihm vor die Füße und schnauzt dabei streng: „Die kommt in den Kofferraum und sonst nirgendwo hin und nichts anderes kommt auf die Rückbank, wie wir hergefahren sind, war auch nichts, was sie eingeengt hätte, somit muss alles im Kofferraum Platz haben." Lucy freut sich über die Reaktion von ihrem Frauchen und es kommt von ihr nur: „Es geht doch, warum nicht gleich."

Herrchen öffnet den Kofferraum und schnauzt vor sich hin: „Wie soll ich diese Tasche da noch hineinbringen, es ist doch alles voll."

Frauchen spricht ihren Freund zornig an: „Stell dich nicht so blöd an" und nimmt die Sache selbst in die Hand. Sie nimmt ein paar Koffer und Taschen heraus und platziert alles ganz genau, bis der letzte Koffer im Kofferraum verstaut ist, danach klatscht sie beide Hände zusammen und schmunzelt: „Geht doch, man muss nur wollen." Er schnauzt grimmig vor sich hin: „Du hast recht und ich meine Ruhe, los gehts!"

Kurz darauf setzen sie sich ins Auto und starten, die lange Fahrt beginnt. Lucy flüstert in diesem Moment zu ihrem Freund: „Ich darf gar nicht daran denken, an das stundenlange eintönige Autofahren, ich möchte zu Hause sein. Nächstes Mal fahre ich nicht mehr mit." Ihr Freund seufzt: „Du hast recht, mich kotzt das an, nächstes Mal, ohne mich."

Es dauert nicht lange und Herrchen blinkt auf die Autobahn und gibt richtig Gas. Lucy schnauzt sofort los: „Dieser Idiot kann es nicht lassen, jetzt drückt er das Gaspedal durch. Kaum sind wir auf der Autobahn, will er schon zu Hause sein." Frauchen blickt ihren Freund sofort böse an und er hat ihren Blick verstanden und geht ein wenig mit der Geschwindigkeit herunter. Er will es aber nicht verstehen, warum er nicht schneller fahren darf und sucht sogleich nach seiner Zigarettenschachtel und fingert sie aus seiner Jackentasche.

Frauchen warnt ihn: „Wir haben ausgemacht, dass wir im Auto nicht rauchen, weil wir auf unsere Hunde Rücksicht nehmen wollen oder hast du schon alles vergessen, dafür halten wir öfters an und machen eine Zigarettenpause." Herrchens Stimmung wechselt und er schnauzt launisch: „So kommen wir nie nach Hause, wir brauchen dann eine Ewigkeit."

Frauchen lächelt und flüstert ihm lieb ins Ohr: „Sei doch ein wenig entspannter, die Hunde kommen öfters aus dem Auto, wir können dann auch mal die Füße vertreten und wegen ein paar Minuten früher ankommen, stur durchrasen, das bringt doch nichts, das ist nur Stress. Willst du das haben, deswegen haben wir am Abend auch noch für uns Zeit und so bist du bestimmt ausgeruhter und fit?"

Man merkt ihm an, dass er es einfach nicht verstehen will, aber trotzdem stellt er den Tempomat ein und das Fahrzeug fährt mit gleichmäßigem Tempo weiter. Frauchen ist zufrieden und lehnt sich nach einer geraumen Zeit auf die Seite, entspannt sich und schläft ein. Die zwei Vierbeiner liegen auch ganz relaxt auf der Seite, alles ist in bester Ordnung.

Ein sehr schnelles Auto nähert sich, dieses fährt sehr nah auf. Somit will Herrchen schnell Platz machen und wird schneller, niemand bemerkt es, keiner im Auto meutert, er lächelt vor sich hin, blinkt kurz und macht dem Raser in einer Lücke auf der rechten Seite den Weg frei, damit dieses schnelle Fahrzeug überholen kann. Er schert hinter dem Raser gleich wieder auf die linke Seite aus und wird schneller und folgt dem Raser.

Es wird nicht gleich bemerkt, dass er das Gaspedal durchdrückt und seine Geschwindigkeit erheblich erhöht hat, man sieht ihm an, dass es ihm sichtlich Spaß macht, rasant zu fahren. Er lächelt vor sich hin.

Lucy bemerkt es nach einer geraumen Zeit und flüstert ihrem Freund zu: „Er rast wieder und Frauchen schläft, mir tut das nicht gut, mir wird davon schlecht." Struppi flüstert ihr zu: „Mir schlägt es auch auf den Magen." Lucy ist entsetzt: „Mach das ja nicht, sonst muss ich kotzen." Sie schaut dabei ihren Freund sehr ernst an.

Der rasante Fahrer denkt gar nicht daran sein Tempo zu drosseln, er fährt, was das Auto hergibt, er denkt sich, solange sich keiner rührt, will er möglichst weit kommen. Am besten wäre, bis sie zu Hause sind, das Gaspedal durchzudrücken. Aber in seinem Temporausch bemerkt er überhaupt nicht, was sich gerade hinter ihm auf der Rückbank abspielt.

Lucy und Struppi bekommt das Tempo überhaupt nicht, er kämpft mit seinem Magen und Darm, er versucht seinen Hintern geschlossen zu halten und hofft auf eine baldige Pause. Aber der Fahrer denkt nicht daran einen Stopp einzurichten. Struppi kämpft erfolglos und sagt zu seiner Freundin, ich halte das nicht mehr aus.

Ein paar Sekunden, nach dem er es ausgesprochen hat, entfleucht ihm ein kleines Lüftchen. Er flüstert danach: „Hat das gut getan, jetzt ist er heraus." Kurz darauf schreit der Fahrer: „Struppi, du alte Drecksau!" Frauchen wacht entsetzt auf und schreit: „Struppi, nein, das darf nicht wahr sein."

Sofort bemerkt sie es, dass ihr Freund das Tempo gewaltig erhöht hat und er bekommt zu hören: „Kein Wunder, dass es unseren Hunden so schlecht geht, wenn du so rasant fährst, das vertragen sie nicht."

Womit Frauchen und Herrchen nicht rechnen, es kommt ein anderes Geräusch von hinten, ein würgendes. In diesem Moment hat sich Lucy übergeben, sie steht auf der Rückbank und kann sich nicht mehr zurückhalten und alles, was im Magen ist, hat sich entleert. Lucy jammert daraufhin niedergeschlagen, Entschuldigung, Struppis Lüftchen hat mir den Rest gegeben, ich konnte es nicht mehr halten.

Ein Schrei: „Nein, das darf nicht wahr sein." Danach schreit Frauchen noch einmal: „Fahre sofort langsamer und ab in die nächste Raststätte, denn wegen deiner Raserei hast du eine nette Beschäftigung bekommen." Inzwischen mischt sich der Geruch, von Struppis Lüftchen und Lucys Erbrochenen zu einem unerträglichen Gemisch, das die Personen auf den Vordersitzen nach Luft ringen lässt und dem Erbrechen nahe sind, links und rechts werden die Scheiben heruntergekurbelt.

Sie schreit ihren Freund an: „Wann kommt endlich eine Raststätte, ich muss schnell an die frische Luft, sonst muss ich auch noch kotzen, ich halte das nicht mehr aus. Dass du so unvernünftig bist, damit habe ich nicht gerechnet, jetzt hast du deine Rechnung von unseren Hunden bekommen, deine hintere Sitzreihe ist jetzt von deiner Lucy vollgekotzt, du wolltest nicht hören und wolltest nur deinen Spaß, jetzt hast du eine schöne Arbeit bekommen."

Sie haben überhaupt kein Glück, auf dem Teilstück der Autobahn konnten sie nicht so schnell eine Raststätte anfahren, Herrchen fährt und fährt und es kommt kein Rastplatz, auch keine Tankstelle ist in Sicht, kein Hinweisschild bekommen sie zu sehen.

Erst nach guten zwanzig Kilometern kommt endlich ein Hinweisschild, dass sie in fünf Kilometern eine Raststätte anfahren können. Frauchen mault genervt: „Noch fünf Kilometer, das halte ich nicht aus, ich kotze unterdessen auch noch ins Auto, das darfst du dann auch noch wegwischen." Lucy fügt noch hinzu: „Wenn ich noch etwas im Magen hätte, müsste

ich noch einmal." Struppi ist inzwischen blass
geworden und jammert: „Wenn ich nicht bald
aus dem Auto komme, füge ich noch etwas
hinzu, dann kann sich gleich Herrchen
trainieren im Saubermachen, ich habe gehört,
dass bei Kindern so etwas öfters vorkommt,
dann wünsche ich ihm viel Spaß beim Autositz
reinigen, Übung macht den Meister."

Inzwischen haben sie die Raststätte erreicht
und er fährt den nächstbesten Rastplatz an.
Kaum stehen die Räder still, öffnet sich die
Beifahrertür und sie springt mit einem Satz
heraus und atmet tief durch, bis sich ihre Lunge
mit frischem Sauerstoff gefüllt hat, der rasante
Fahrer folgt ein paar Sekunden später und er
geht sofort mit ein paar schnellen Schritten zur
hinteren Türe auf seiner Seite und öffnete sie
mit einem Ruck.

Seine rechte Hand geht, nach dem er ins Auto
einen Blick geworfen hat zu seinem Mund und
aus diesem würgen diese Worte: „Ach, du dicke
Scheiße, wie bekommen wir das wieder
heraus." Frauchen hört das und schimpft:
„Nicht wir, du machst das sauber, du bist gerast
und es ist dein Auto und wenn wir Kinder

bekommen, musst du das auch können, nicht nur ich." Herrchen sieht man an, so etwas will er absolut nicht hören. Frauchen sieht es ihm sofort an und belehrt ihn: „Du willst Kinder, dann solltest du gleich mit dem besten Beispiel vorangehen und das Malheur deiner Lucy saubermachen."

Er verteidigt sich: „So etwas habe ich noch nie gemacht, das kann ich nicht." Frauchen ließ das nicht durchgehen und befiehlt: „Dann solltest du sofort damit beginnen." Er wird daraufhin sehr blass, das wiederum Frauchen belustigt und sie beschwichtigt: „Du musst schon nicht alles putzen, ich will nur wissen, dass du auch behilflich sein kannst, wenn ich nicht kann oder verhindert bin." Er antwortet schnell, ich verstehe das und versuche mein Bestes, ich werde mir Mühe geben!

Sie scheucht die Hunde aus dem Auto, die jetzt sehr erleichtert aussahen. Lucy mault zu Frauchen: „Du hast vollkommen recht, lass ihn nur den Saustall wegwischen, er hat es verdient." Sie geht mit ihnen eine Runde um den Parkplatz, damit die Hunde ihr Geschäft erledigen können. Herrchen steht vor dem Auto und weiß erst gar nicht was er tun soll, er sieht ratlos aus. Plötzlich überkommt ihm eine Idee und er bewegt sich in Richtung der Toiletten und verschwindet darin. Als er kurze Zeit später wieder herauskam, hat er ein paar Papiertücher in der Hand und wischt erst das Gröbste von der Rückbank, er muss dabei öfters würgen, aber er reißt sich zusammen und will es unbedingt schaffen.

Sie ist inzwischen mit den zwei Vierbeinern hinter ihm und ist überrascht: „Du kannst es ja, aber das Zeug von Lucy, der Stoff hat sich schon vollgesaugt, wie sollen wir das aus den Stoffbezügen bekommen." Herrchen fügt hinzu: „Wir können es mit nassen Tüchern versuchen." Sie gibt die Hundeleinen ihm und macht sich auf, nasse Papiertücher zu holen, es dauert nicht lange, dann ist sie zurück und reibt damit die Flecken heraus.

Danach schauen sie gemeinsam ihr Werk an und sie erklärt: „Den Rest müssen wir zu Hause saubermachen, ich habe in meiner Reisetasche noch ein Parfüm, damit können wir den Fleck besprühen, damit im Auto ein anderer Geruch einzieht." Herrchen schlägt vor: „Wir lassen die

Autotüren noch eine Weile auf, damit es noch ein wenig durchlüften kann. Ich hole unterdessen noch zwei Tassen Kaffee, damit wir uns von dem Schreck etwas erholen können, wir haben jetzt schon genug Zeit verloren." Sie lächelnd und beruhigt ihn: „Wir kommen bestimmt früh genug an, wann ist doch total egal?"

Er macht sich auf, zwei frische Becher Kaffee zu besorgen und sie freut sich, als er mit diesen wieder erscheint und sie überzeugt ihn: „Diese Zwangspause tut uns doch gut, dann können wir ganz entspannt weiter fahren und kommen noch früh genug zu Hause an."

Nach dem Kaffee und einer Zigarette macht sich Frauchen am Kofferraum zu schaffen und sucht nach dem Parfüm, bald hat sie es gefunden, besprüht damit den Flecken und verstaut danach alles gewissenhaft und erklärt dabei: „Jetzt befördern wir die beiden auf ihren Platz und fahren weiter." Den beiden braucht man das nicht zweimal sagen und sie springen mit einem Satz hinten ins Auto.

Lucy hat sofort wieder etwas gefunden, um zu meutern: „Hier ist es nass, als wäre ich in einem Schwimmbad, bis wir zu Hause sind wachsen mir Flossen und ich habe Schuppen statt Haare, das darf doch nicht wahr sein, wenn wir ein bisschen nass sind, holt man sofort ein Handtuch und einen Föhn. Soll sich doch er, in das nasse Zeug legen, ich möchte mal sehen, was er tun würde, wenn sein Sitz so nass wäre." Frauchen spürt sofort, dass mit Lucy etwas nicht stimmt, denn sie will sich nicht hinlegen. Struppi ist es egal, er hat gleich seinen Platz gefunden und hat sich lang gemacht.

Frauchen streicht mit einer Hand über den Bezug und spricht die Hundedame an: „Ich denke, ich habe herausgefunden, warum du dich nicht hinlegen willst, es ist ja alles noch sehr feucht. Ich lege dir ein weiches, dickes Handtuch darüber, dass dein Fell nicht nass wird und du mir nicht krank wirst." Lucy seufzt: „Frauchen kümmert sich um uns und er denkt nur ans Autofahren, sonst nichts, wie es uns geht, ist dem Herr scheißegal."

Sie geht noch einmal zum Kofferraum und holt einen Koffer heraus, öffnet ihn und holt ein großes, dickes Badetuch hervor und geht damit zu Lucy und beruhigt sie: „Raus mit euch beiden, dann bekommt ihr einen schönen weichen Platz, Frauchen, denkt immer an euch!"

Herrchen ist ungeduldig und sitzt natürlich schon hinter dem Lenkrad, seine Finger trommeln ungeduldig auf das Lenkrad, der Motor läuft und er schreit: „Wie lange dauert das noch, bis wir endlich weiter fahren können." „Geduld, entspann dich, ich kann doch deine hübsche Lady nicht auf dem feuchten Stoff liegen lassen", ruft sie zu ihrem Freund.

Herrchen antwortet genervt: „Das sind doch nur Hunde, die halten das schon aus." Frauchen lästert daraufhin wütend: „Wenn du nächstes Mal kein Handtuch im Bad hast und du die Fenster im Schlafzimmer geöffnet hast und mir zurufst, damit ich dir eines bringe, weil es dir zu kalt ist, rufe ich dir auch zu, du bist doch nur ein Mann, der hält das schon aus!"

Zornig stellt Herrchen den Motor ab und klopft wieder ungeduldig mit den Fingern auf das Lenkrad. Sie verstaut mit aller Ruhe, die sie besitzt, den Koffer im Kofferraum, dann haut sie mit einer Wucht den Kofferraumdeckel zu. Die beiden Promenadenmischungen haben es sich auf ihrem Platz endlich gemütlich gemacht.

Danach stolziert sie mit lässigen Schritten zu ihrem Beifahrerplatz und setzt sich hinein und schaut ihn dabei lächelnd an und sagt resolut: „Na, das habe ich doch schnell gekonnt, jetzt können wir starten." Er schaut sie jetzt ganz entsetzt an und sie muss jetzt selbst dabei lachen, bis er endlich auch lachen muss, er sagt schmunzelnd: „Ich habe schon geglaubt du wolltest mich verarschen." Sie antwortet mit einem ironischen Unterton: „So etwas würde ich nie tun, wenn dann habe ich es schon längst getan und du hast es gar nicht bemerkt." Er lästert beim Anfahren, das glaube ich dir aufs Wort.

Sie spricht vorsichtig zu ihm: „Willst du nicht noch einmal anhalten und mich fahren lassen?" Er stoppt und fragt, warum? Sie antwortet: „Du musst doch nicht die ganze Strecke fahren." Er lästert sofort: „Ich wusste überhaupt nicht, dass du Autofahren kannst?" Willst du vielleicht behaupten, dass ich nicht fahren kann, kommt es von ihr böse zurück. Er lacht vor sich hin. Ihr Ton wird lauter und sie schreit schon fast vor Zorn: „Lasse mich sofort ans Steuer, ich werde dir zeigen wie ich Autofahren kann!"

 Sie reist ihre Türe auf und springt heraus und geht mit schnellen, energischen Schritten um das Fahrzeug herum und reißt die Fahrertüre auf und befiehlt mit einem scharfen Ton: „Raus, jetzt fahre ich!" Er steigt lächelnd aus und bewegt sich gemütlich um sein Gefährt und setzt sich diesmal auf den Beifahrersitz und schließt die Türe. Frauchen schmeißt die Türe kräftig zu, lässt den Motor an und startet mit quietschenden Reifen. Lucy mault daraufhin: „Geht das schon wieder los, das hätte ich von ihr nicht gedacht, dass sie so fährt, aber bei diesem Mann kann man es verstehen, dass plötzlich ihr der Gaul durchgeht."

 Er sagt lächelnd: „Jetzt bist du darauf hereingefallen." Sie antwortet: „Du auch." Nachdem sie sehr flott auf die Autobahn gefahren ist, drosselt sie das Auto auf Tempo

Hundert und fährt in diesem Tempo ganz gemütlich weiter, dann lächelt sie gemein zu ihm hinüber. In den Gesichtern der Hunde herrscht auch ein wissendes Lächeln.

Sie fährt mit diesem gemütlichen Tempo weiter, ihr Freund kann es nicht fassen, dass sie wirklich vorhat, so langweilig zu fahren. Total ungeduldig sitzt er neben ihr und muss nach einigen Kilometern sie mal darauf hinweisen, dass sie schon etwas schneller fahren kann. Sie sagt kess zu ihm: „Ich finde das Tempo ganz entspannt und wir kommen so auch an unser Ziel und wir sparen einiges an Benzin." Er meint daraufhin: „So viel Benzin sparen wir auch nicht, bei diesem langweiligen Fahren schlafe ich ein."

Sie lacht daraufhin: „Dann schlafe doch, ich brauche dich nicht." Von den zwei Hunden hört man nichts mehr, sie schlafen alle beide ganz ruhig auf ihren Platz. Es dauert nicht lange und Herrchen entspannt sich, er lehnt an der Seitenscheibe und hat die Augen geschlossen. Sie denkt, nach dem sie bemerkt hat, dass er schläft, ein bisschen könnte sie das Tempo doch erhöhen, aber nicht drastisch, sie lässt ihre

Geschwindigkeit bei Hundertzwanzig km/h einpendeln und schaltet den Tempomat ein.

Ihre Fahrt verläuft sehr ruhig und ohne Komplikationen, stundenlang fährt sie dahin, bis ihr Freund wach wird und sofort fragt er, wo befinden wir uns? Ganz frech erwidert sie, weiter als du glaubst. Er beugt sich zu ihr hinüber, schaut auf den Tacho und lächelt: „Du bist doch ein wenig schneller gefahren, als ich gemeint habe." Sie antwortet: „Du hast recht, Hundert auf der Autobahn ist schon sehr langsam, aber Hundertzwanzig oder Hundertdreißig kann man schon noch gemütlich fahren und das mache ich und jetzt fahre ich die nächste Raststätte an und wir machen eine Pause."

Er gibt ihr recht und meint: „Danach kann ich weiterfahren, ich verspreche, ich halte das gleiche Tempo ein. Von ihr kommt herüber: „Das glaube ich dir sogar." Sie setzt gerade den Blinker und biegt in eine Ausfahrt einer Raststätte ein."

Kaum stehen die Räder still, öffnen sich die Türen und die zwei Personen steigen ganz steif aus dem Auto. Sie strecken sich und danach öffnen sie die hinteren Türen und sie spricht ganz lieb ins Wageninnere: „Na, ihr beiden kleinen Krieger, wollt ihr nicht auch mal, die müden Knochen in die Reihe bringen."

Lucy mault natürlich wieder: „Wird auch Zeit, ich bin ganz steif und sofort mault sie ihren Freund an, halt dein Maul, ich weiß, was du jetzt von dir geben willst." Struppi erwidert beim Herausspringen: „Dass du immer so schlecht von mir denkst, das ist aber auch nicht schön von dir, da ich so liebevoll zu dir bin." Wenn Frauchen das verstehen würde, was du jeden Tag von dir gibst, sie würde sich jede Stunde einmal übergeben, kontert Lucy. Struppi verteidigt sich: „So schlimm bin ich wirklich nicht."

Sie strecken ihre Glieder und Frauchen hängt sie an die Leine und erwähnt dabei: „Damit ihr mir nicht auf die Autobahn läuft." Herrchen verschließt das Auto und nimmt ihr eine Leine ab und ist der Meinung, dass sie mindestens zwei Runden zusammen um den großen

Parkplatz laufen können, denn die Knochen und die verspannten Muskeln könnten es gut vertragen.

Sie schlendern gemeinsam zwei Runden um die große Raststätte, Struppi muss jeden Baum und jedes Eck anpinkeln, er ist schwer beschäftigt. Lucy muss natürlich lästern: „Du pinkelst irgendwann jeden Grashalm einzeln an, mach es halt einmal richtig, dann hast du nicht so einen großen Stress." Struppi stammelt hastig und pinkelt weiter: „Es muss doch jeder Artgenosse wissen, dass ich hier war." Lucy schüttelt ihren Schädel und spottet: „Ihr Rüden seid doch bescheuerte Wesen, als wenn das einen interessieren würde, dass du heute auf diesem Autohof warst, zu Hause kann ich das verstehen, dass du dein Revier markierst."

Struppi erwidert lächelnd: „Ich hab jetzt eben mein Revier bis nach Berlin." Lucy kann sich kaum mehr vor Lachen halten: „Ich wünsche dir viel Spaß dabei, jeden Tag dein Revier abzulaufen, so wirst du dabei einige Kilos los." Als sie das hinauslacht, hebt er seine Schnauze und sein Gesicht verändert sich und schaut sie komisch an. Sie kann jetzt nicht anders, als zu

lästern: „Jetzt schaust du aber ganz schön blöd
drein." Er regt sich jetzt ein wenig auf und
verteidigt sich: „So blöd bin ich auch wieder
nicht, dass ich jeden Tag nach Berlin laufe und
wieder zurück, das will und kann ich nicht." Sie
gibt zurück: „Das denke ich mir, weil du zu
blöd und zu faul bist, denn du würdest sehr
wahrscheinlich nicht mehr zurück in deine
Heimat finden?"

Als sie ein paar Mal um den Platz gelaufen
sind, erwähnt Frauchen: „Eigentlich wäre eine
Tasse Kaffee auch noch etwas Feines." Er
bestätigt: „Du hast recht, das tut uns noch gut,
bevor wir den Rest der Strecke in Angriff
nehmen." Er gibt ihr Lucys Leine und macht
sich auf den Weg die warmen Getränke zu
kaufen. Sie schreit ihm hinterher, ich gebe
unterdessen unseren Vierbeinern Wasser zu
saufen, die brauchen genauso etwas zu
schlabbern.

Als sie am Auto angekommen ist, macht sie
sich am Kofferraum zu schaffen, holt einen
Napf und eine große Wasserflasche heraus und
gibt ihnen etwas zu saufen. Lucy hat heute ihr
großes Lästermaul und lästert beim Saufen:

„Struppi jetzt kannst du deine Blase wieder
füllen, damit du dein großes Revier anpinkeln
kannst." Er kontert beleidigt: „Das ist eine
Gemeinheit, ich muss das einfach tun, ich kann
nicht anders." Sie erwidert nur noch: „Ich
auch!"

Nachdem die Hunde ihren Durst gelöscht
haben, verstaut sie alles im Auto und zur
gleichen Zeit kommt er mit den aromatischen
Getränken. Sie nimmt ihren Kaffee mit einem
Lächeln in Empfang und gibt ihm einen Kuss
und flüstert: „Das wird uns guttun!" Sie holen
dabei ihre Zigarettenschachteln hervor und
jeder zündet sich eine an. Entspannt blasen sie
den Rauch hinaus. Sie lassen sich im Verhältnis
sehr viel Zeit beim Trinken und Rauchen.
Dieses Mal befiehlt sie: „Jetzt werden wir aber
weiterfahren, lieber machen wir noch einmal
eine kurze Pause."

Sie treibt ihre Lieblinge ins Auto, die von
alleine ins Auto springen und es sich hinten
gemütlich machen, kurz darauf startet das Auto
und sie fahren auf die Autobahn. Diesmal hält
er sich an die angewiesene Geschwindigkeit.

Das gefällt natürlich den anderen Insassen. Die ganz entspannt im Auto sitzen.

Langsam wird es dunkel und die Fahrzeit ist sehr lange. Lucy fängt an zu jammern: „Ich weiß bald nicht mehr wo ich mich hinlegen soll, wie lange dauert die Fahrt noch, ich habe schon Kreuzschmerzen." Struppi antwortet schnell: „Bei deinem Gewicht kein Wunder." Sie fragt: „Warum, habe ich heute solche Rückenschmerzen." Struppi scherzt: „Rückenschmerzen, diese Nerven gehen ins Hirn, wenn sie da nichts finden, dann bekommst du im Rücken große Schmerzen, ganz einfach." Sie schaut ganz entsetzt und es kommt zurück: „Du bist und bleibst ein Blödmann, dann hättest du nur noch Schmerzen und das am ganzen Körper?"

Nach circa 2 Stunden Fahrt, hält er noch einmal an einem Rastplatz, sie gehen zusammen austreten, auch die beiden auf der Rückbank können ihre Füßchen vertreten und ihr Geschäft erledigen. Lucy springt aus dem Auto und schreit ihren Unmut heraus: „Nie mehr so lange Autofahren, das hält ja kein Hund aus, vor allem wir zwei." Frauchen fragt die Beiden und streichelt sie dabei: „Haltet ihr beiden, diese sehr lange Fahrt noch aus?"

Sie mault sofort los: „Ich hoffe, sie versteht mich, einen Scheiß halte ich noch aus, mein ganzes Gestell tut mir weh, wenn ich könnte, dann würde ich mich am nächsten Tag, bei einer Krankengymnastik anmelden und mich durchkneten lassen, Struppi halt das Maul, ich weiß, was dein Lästermaul aussprechen will, von dir nicht lasse ich mich nicht behandeln!"

Frauchen spricht noch einmal tröstend mit den Zweien, bevor sie einsteigen. Nächstes Mal, wenn wir anhalten, sind wir zu Hause angekommen. Die beiden schauen sie fragend an, dabei nörgelt sie: „Wird auch Zeit, ich mag nicht mehr in dem blöden Blechkasten liegen, ich will in mein Körbchen." Danach steigt sie auf der Fahrerseite ein und sie fahren zügig weiter.

Der junge Rüde jammert und macht sich lang auf der Rückbank, hoffentlich dauert die Fahrt keine Ewigkeit mehr, ich fahre gerne Auto, aber nicht den ganzen Tag, das ist so deprimierend, es ist so langweilig, ich weiß nicht mehr was ich tun soll, immer aus dem Fenster schauen ist langweilig und dazu kommt, ich habe die Scheibe mit meiner Schnauze so verschmiert, dass ich nicht mehr hinausschauen kann. Lucy antwortet sofort: „Du bist und bleibst eben ein Dreck Bär."

Nach einer weiteren Stunde Fahrt, sagt plötzlich Frauchen, schau ich habe endlich ein Schild von unserer Stadt gesehen, dann kann es nicht mehr allzu lange dauern, bis wir zu Hause sind. Dann meldet sich Struppi: „Das wird bestimmt noch eine Stunde dauern, dann habe ich bestimmt schon meine Hämorriden zusammengedrückt." Lucy muss natürlich wieder einen Kommentar loswerden und spricht auf: „Du hast doch jedes Ungeziefer an dir hängen." Er kontert sofort: „Vor allem dich." Jetzt senkt Lucy ihre Schnauze beleidigt. Plötzlich ruft Frauchen freudig, wir sind da und sie lenkt den Wagen an einen Randstein und er bleibt wirklich stehen. Lucy und Struppi springen freudig auf und blicken aus dem Fenster und schauen direkt auf ihr Heim, aus beiden Schnauzen kommt ein erlösendes: „Endlich, sind wir zu Hause angekommen!"

Kapitel 8

Endlich zu Hause

Lucy und Struppi braucht man nicht lange betteln, das Auto zu verlassen, schnell sind sie herausgesprungen. Dabei mault sie natürlich wieder: „Ist auch Zeit geworden, ich spüre meine Knochen nicht mehr."

Herrchen sperrt die Haustüre auf und lässt die zwei Hunde in die Wohnung, die sich sofort in ihrem Körbchen gemütlich machen. Struppi stöhnt sofort: „Ist das schön, sich wieder richtig ausstrecken zu können."

Frauchen versorgt sofort die Hunde mit frischem Wasser und etwas zum Fressen. Er bringt das Gebäck unterdessen vom Auto herein und stellt es im Wohnzimmer ab und lässt seine Meinung hören: „Auspacken tun wir aber heute nicht mehr." Frauchen bestätigt: „Nur das, was wir morgen Früh benötigen, das mache ich, wenn ich kurz noch mit den beiden draußen war, sie haben noch viel gesoffen und gefressen, die müssen bestimmt noch kurz Gassi gehen, aber nicht mehr weit." Er befiehlt kurz: „Das übernehme ich, somit kannst du die Toilettensachen aus dem Koffer heraussuchen." „Okay, so mag ich es", antwortet sie.

Er nimmt, nachdem die zwei versorgt waren, sie an die Leine und geht mit ihnen noch einmal spazieren. Sie sucht unterdessen die Artikel, die sie nach dem Aufstehen brauchen. Schnell ist alles für das Schlafengehen hergerichtet. Als Herrchen mit den Hunden wieder zurück war, sind die Hunde schnell in ihrem Körbchen verschwunden und machen es sich gemütlich. Herrchen holt sich aus dem Kühlschrank noch ein Bier, sie ruft zu ihm: „Was ist mit mir, ich will auch noch etwas trinken, bevor wir schlafen gehen."

Sie setzen sich noch in die Küche, trinken noch ein paar Bier und rauchen dabei noch ein paar Zigaretten. Sie meint dabei: „Heute Nacht lässt du mir meine Ruhe, ich will einfach nur schlafen." Lucy hört diesen Satz und flüstert zu ihrem Freund: „Hast du das gehört, ich will heute Nacht auch meine Ruhe haben, mir tut so und so alles weh." Struppi antwortet daraufhin: „Ich auch, ich will nur einmal an deinem Arsch schnuppern, der riecht so gut, dann will ich auch schlafen." Sofort bewegt sich seine Schnauze zu ihrem Hintern und er schnuppert daran und danach streckt er sich aus, um zu schlafen. Lucy flüstert zu ihm: „Bist du jetzt zufrieden, dann träum süß." Du auch, kommt es von ihm herüber.

Nachdem das Pärchen ihr Bier ausgetrunken haben, gehen sie leise in das Bett und machen das Licht aus. Mensch und Tier schlafen fest, nichts ist zu hören, nichts rührt sich.

Als der Wecker in aller Frühe klingelt, springt Herrchen auf, streckt sich und geht sofort in die Küche und sagt laut: „Ich glaube, so wie mich fühle, kann ich nicht in die Arbeit gehen, ich rufe meinen Chef an, ob ich noch einen Tag zu Hause bleiben kann und baue ein paar Überstunden ab." Mach das, denn ich habe heute auch noch frei, kommt es aus dem Bett.

Gemacht, getan, Herrchen ruft auf dem privaten Telefon seines Chefs an und berichtet ihm und bekommt den Tag, so wie er es sich gewünscht hat, und freut sich. Frauchen fragt: „Sind unsere Lieblinge noch ruhig." Er macht einen kurzen Blick ins Körbchen und flüstert zu

ihr: „Ich glaube die schlafen noch tief und fest."
Lucy hat alles mit gehört und mault vor sich
hin: „Ich will mein Körbchen heute wirklich
noch nicht verlassen, ein Stündchen noch, dann
ist es okay." Struppi flüstert: „Ich mag jetzt
auch nicht." Dann ruft Frauchen zu ihrem
Freund: „Dann leg dich schnell wieder ins Bett
und wir schlafen noch ein Stündchen." Schnell
ist er wieder im Bett verschwunden und Lucy
schnauft tief durch: „Gott sei Dank, dann kann
ich noch einmal ein Auge zudrücken."

Über eine Stunde schlafen sie, bis Frauchen
plötzlich aufschreckt und nervös fragt: „Wie
lange haben wir geschlafen, die Hunde müssen
hinaus?" Struppi erwähnt noch ganz
verschlafen: „Langsam könnte es nicht schaden,
eine kleine Gassi Runde zu drehen, aber bitte
keine Hektik aufkommen lassen, ich bin noch
gar nicht wach geworden, das dauert heute sehr
lange, bis ich richtig on Tour bin."

Lucy öffnet auch vorsichtig ein Auge und
schnauft tief durch: „Ich erst, ich bringe heute
gar nichts auf die Reihe, ich glaube, wenn ich
wirklich aufstehe, verwechsle ich meine
Füßchen." Ihr Freund kann es sich nicht

verkneifen: „Füßchen, wenn ich das höre, das sind richtige Kraut Stampfer, die kann man schon verwechseln." Lucy mault wehleidig: „Wenn ich meine Augen aufbringen würde, hätte ich dich mit meinen Kraut-Stampfern in den fetten Schweinebauch gestoßen, bis aus deinen Augen Fett tropft."

 Struppi sieht gerade wie Frauchen einen Kaffee zubereitet und Herrchen seine Beine aus dem Bett schwingt. Struppi flüstert vorsichtig zu seiner Freundin: „Der Countdown läuft, wir gehen bald hinaus, aber bitte lasst euch noch ein bisschen Zeit." Seine Freundin lamentiert noch ganz zerknittert: „Ich muss mich doch noch ein bisschen zurechtmachen, ich kann noch gar nicht richtig aus meinen Augen schauen. Struppi wo ist mein Make-up, so kann ich nicht hinausgehen." Der Rüde fragt sich ganz verwundert: „Hat sie die letzte Nacht ein paar Tabletten gefressen oder hat sie was geraucht, irgendwas stimmt mit ihr nicht?" Er fragt seine Freundin direkt: „Bist du vielleicht high?" Sie antwortet ganz benommen: „Nein, noch nicht wach, ich brauche noch viel Zeit für mich."

Unterdessen sitzen Frauchen und Herrchen in der Küche, trinken eine große Tasse Kaffee und rauchen eine Zigarette dazu. Lucy kann inzwischen schon ein wenig lästern: „Das Rauchen in der Küche müssen wir ihnen auch noch abgewöhnen." Ihr Freund warnt vorsichtig: „Das wäre nicht gut, dann wären wir beide schon an der frischen Luft, denn dann wollen sie sofort raus, damit sie eine paffen können." „Gut, dann lassen wir das, das wäre heute zum Beispiel eine totale Katastrophe, wenn wir gleich ohne Vorwarnung hinaus müssen", antwortet sie.

Struppi warnt sie: „Nicht gleich immer so vorlaut sein!" Sie lästert zurück: „Das sagt der Richtige, der mich immer aufs Neue beleidigt!" Er treibt jetzt seine Freundin an: „Ich glaube, du musst schön langsam, die alten Knochen auf die Reihe bringen, sie werden uns jetzt holen und mit uns hinausgehen." Es kommt nur von ihr: „Eine alte Frau ist doch kein D-Zug, treib mich nicht so." Er bestätigt herablassend: „Alte Frau passt heute voll zu dir, trotzdem werden wir jetzt geholt, du musst dich jetzt zusammen reißen!"

Struppi hat noch gar nicht das letzte Wort ausgesprochen, werden ihnen schon die Halsbänder umgelegt und sind angeleint. Frauchen sagt lieb zu ihnen: „Heute habt ihr es aber lange ausgehalten, sonst treibt ihr doch immer, kurz nach dem Sonnenaufgang steht ihr normal bereit." Lucy jammert sofort los: „Ich weiß auch nicht, was heute Morgen mit mir los ist." Frauchen wollte schnell loslaufen, aber Lucy bremst, sie ist ganz wacklig auf den Beinen. Frauchen fragt sie: „Was ist mit dir los, bist du eine alte Frau geworden?" „Genau auf den Punkt gekommen", bestätigt Struppi. Seiner Freundin stört alles und lamentiert weiter: „Ich weiß auch nicht, das Halsband stört mich, ich komme mir vor wie eine Strafgefangene, nichts passt heute."

Lucy wackelt träge dahin, als wäre sie über Nacht um einige Jahre gealtert, sie ist sehr reizbar, ihr stört alles und meckert über alles. Struppi ist inzwischen in die Gänge gekommen und ist in seinem Element angekommen und markiert alles, was ihm in den Weg kommt. Sie laufen wie so oft, an der Wertach entlang, Frauchen und Herrchen lassen dieses Mal, ihre Hunde ohne Leine laufen. Lucy wackelt langsam hinterher, schnüffelt alles ab und setzt

sich hin und macht gemütlich ihr Geschäft.
Struppi hat sich inzwischen von den gestrigen
Strapazen erholt und springt frisch und fröhlich
voraus. Er schaut zwischen durch zurück und
schreit zu ihr: „Was ist los mit der alten Zicke,
sonst bist du immer die Erste, die alles wissen
und sehen will."

Sie antwortet ganz müde: „Langsam aber
sicher, kommt das Leben in mir wieder an, aber
ich sage mir, ich lasse es heute gemütlich
angehen und was für mich heute sehr
ungewöhnlich ist, ich soll heute ohne Leine
laufen, ich fühle mich so richtig unsicher, dann
hätten sie doch, das blöde Halsband auch
weglassen können, ich fühle mich so richtig
nackt, ich schäme mich so richtig."

Struppi schaut seine Freundin geschockt an
und fragt: „Wieso fühlst du dich nackt, du hast
doch dein Fell, du kannst nie nackt sein, wieso
kommst du auf so eine blöde Idee?" Sie
versinkt in Selbstmitleid: „Ich fühle es aber so."
Er erwidert: „Dann machen wir eben hier einen
FKK-Strand auf." „Blödmann", kontert sie. Er
kann es nicht fassen, dreht sich um und springt
wieder voraus, er geht seiner

Lieblingsbeschäftigung nach und markiert ein paar neue Stellen. Lucy jammert vor sich hin: „So ist er, will nur seiner Tätigkeit nachgehen, wie es mir in dieser Zeit geht, das ist ihm Scheiß egal."

Viele Artgenossen treffen sie heute nicht mehr, aber den kleinen süßen Reh Pinscher laufen sie über den Weg. Er ruft schon von weitem, dass er sie sprechen will, als sie sich dann begrüßen, ist die Freude groß, sie können sich gar nicht mehr beruhigen, er will sofort wissen, wie es in Berlin war. Lucy und Struppi beginnen sofort zu erzählen. Der Pinscher fragt somit: „Dann war es für euch nicht so toll, aber ich habe euch eine freudige Mitteilung, ich habe es geschafft, dass mein Frauchen noch spät mit mir hinausgeht." Jetzt wurde Lucy richtig wach und fragt, sehr neugierig: „Wie hast du das angestellt?"

Der Pinscher war jetzt in seinem Element und er erzählt wie am Fließband, stellt euch vor, die Alte hatte schon eine Flasche Wein gesoffen und saß nur vor dem Wohnzimmertisch, der ist nicht so hoch, als die erste Flasche leer war, wollte sie sofort die nächste aufmachen, ich bekam eine Wut, weil ich wusste, wenn sie diese getrunken hat, dann wäre es mit dem Gassigehen vorbei.

Ich sprang mit einem Satz auf den Tisch und bellte sie mit meiner ganzen Wut an, sie schaute mich nicht einmal an, nur die Flasche, daraufhin sprang ich direkt vor ihr Gesicht und bellte ihr voll ins Gesicht, sie reagierte immer noch nicht, dann passierte es, was ich eigentlich nicht vorhatte, ich schmiss mit meinem Hintern die Flasche Rotwein um, die Alte schnellte wie ein Pfeil hoch und schrie, mein guter Wein, jetzt habe ich nichts mehr, was hast du nur getan, sie erinnerte sich sogar noch an meinen Namen, dann jammerte sie, ich brauche neuen Wein, dann muss ich noch schnell ein paar Flaschen kaufen gehen und sie zog sich an, ich bellte sie an, daraufhin kam ihr doch die gute Idee, das sie mich mitnehmen könnte und so kam ich doch noch zu einer zusätzlichen Gassi Runde, das klappt jetzt jeden Tag, wenn sie nicht gehen will, dann springe ich auf den Tisch und schmeiß die Rotweinflasche um. Lucy sagt freudig. „Na also, geht doch!"

Der kleine Hund sagte allerdings noch niedergeschlagen: „Mein Frauchen kann es aber trotzdem nicht lassen und sauft weiter, ich denke, sie trinkt jetzt sogar eine Flasche mehr, sie bringt in der Früh gar nichts mehr auf die Reihe, sie braucht, egal was sie macht, eine Ewigkeit." Struppi hat Mitleid und bemitleidet ihn: „Du tust uns wirklich leid." Er sagt recht lustig: „Immerhin habe ich etwas erreicht!" Lucy spornt ihn an: „Dann mach so weiter, vielleicht erreichst du noch mehr?"

Der quirlige kleine Hunde wollte sich gerade verabschieden und läuft an Lucys Hintern vorbei und bekommt ihren guten Duft in die Nase, er vergewissert sich kurz und meint, da wird wohl jemand Nachwuchs bekommen und will natürlich wissen, ob Struppi der Vater ist, was Lucy bestätigt.

Struppi strahlt über sein ganzes Gesicht, der Kleine gratuliert ihnen freudig und Lucy meckert vor sich hin: „Ich werde noch eine Pressemitteilung herausbringen, damit es alle wissen, damit ich es nicht allen erzählen muss." Der Kleine lacht und gibt Mut: „Es ist doch keine Schande, Nachwuchs zu bekommen, freut euch doch." Struppi ruft dem Pinscher hinterher: „Lucy ist heute einfach nicht gut gelaunt." Der Pinscher ruft zurück: „Das gibt sich schon wieder, wir sehen uns bestimmt bald wieder." Er ruft zurück: „Das hoffen wir doch!"

Frauchen und Herrchen sind ein Stück vorausgelaufen. Lucy kann nicht anders und muss lästern: „Können die beiden nicht warten, wenn sie mit jemanden eine Ewigkeit reden, müssen wir auch warten, aber nein, die Herrschaften müssen einfach weiter laufen und wir dürfen hinterherrennen, das ist ungerecht, ich werde mich gleich bei ihnen beschweren!" Struppi versucht sie zu beruhigen: „Lass es doch, es ist doch nicht so schlimm, wir haben sie doch schnell eingeholt." Sie schnauzt zurück: „Mir geht es einfach ums Prinzip!"

Kurz darauf ruft Frauchen: „Lucy, wo bleibst du, sonst läufst du immer voraus, komm jetzt, aber ein wenig schneller." Jetzt bekommt Lucy eine Wut, sie macht sich ordentlich Luft: „Was soll das, ich laufe so schnell wie ich will, ich kann halt heute nicht so schnell, es war schon öfters der Fall, da mussten wir auf euch warten, ich wäre für eine Gleichberechtigung, wir dürfen das Gleiche tun, wie Frauchen und Herrchen." Struppi ruft zu seiner Freundin: „Was für blöde Ideen hast du noch auf Lager?"

Lucy jammert: „Ich weiß nicht, mir passt momentan überhaupt nichts, ich mag dies und jenes nicht, jetzt würde ich am liebsten gleich nach Hause laufen und eine ganze Schüssel leer fressen." Er fragt: „Haben unsere Kinder schon so viel Hunger, dann musst du ihnen geben, was sie brauchen, ich kümmere mich dann darum, wenn wir wieder zu Hause sind." Sie fragt: „Wie willst du das anstellen, dass für mich ein großer Napf mit feinstem Fressen für mich da steht?" Struppi prahlt: „Lass nur mich machen, irgendetwas wird mir schon einfallen." Sie lächelt wissend: „Da bin ich aber gespannt, wie du das anstellen willst?"

Plötzlich schreit Lucy: „Das auch noch, dieses ungehobelte Riesenvieh, der von Dobermann, das blöde Inzucht Tier läuft uns entgegen." Er beschwichtigt: „Sei doch nicht so streng mit ihm, er ist halt so, denn er kann nicht anders, weil er nichts im Hirn hat." Sie lacht und fragt: „Wenn nichts im Hirn ist, das tut bestimmt weh?" Langsam kommt der große Hund angetrabt. Struppi flüstert zu Lucy: „Schau mal, irgendetwas stimmt mit ihm nicht, er läuft nicht mehr so stolz, als wir ihn letztes Mal getroffen haben. Irgendwie ist er betrübt?"

Das riesige Tier nähert sich langsam mit seinem Herrchen, total niedergeschlagen sieht der Hund aus, er hat einen sehr deprimierenden Gesichtsausdruck. Er hebt nicht einmal seinen Kopf, als er die beiden kleine Hunde erreicht. Lucy schaut Struppi ganz verwundert an und bestätigt: „Mit unserem großen Freund stimmt wirklich etwas nicht, denn er würde uns bestimmt blöd anmachen, wenn er gut gelaunt wäre?"

Lucy kann es nicht lassen und stellt ihn zur Rede: „Was ist mit dir los, stimmt etwas nicht?" Der große Rüde dreht endlich seinen großen Schädel müde zu ihnen und jammert los: „Es stimmt überhaupt nichts, dieses blöde Herrchen verbietet mir alles, weil ich angeblich ein reinrassiger Dobermann bin, ich hätte adlige Eltern, aber davon habe ich nichts, ich darf nichts machen, ich darf über keine Wiesen tollen, ich könnte schmutzig werden, nicht einem Mädchen am Hintern riechen oder begrüßen, denn sie könnte nicht meinem Titel entsprechen und vieles mehr, ich fühle mich wie eine arme Sau. Wenn ich könnte, dann wäre ich so ein Mischlingshund wie ihr und würde auf meinen Titel verzichten, dann hätte ich nicht dieses Problem und könnte alles machen, was ich mir wünsche, seht doch, ich darf nicht ein Stück ohne Leine laufen."

Lucy tröstet ihn: „Dann musst du eben dein Herrchen erziehen, lass dir etwas einfallen, du wirst es erleben, das klappt, wir haben es auch gemacht und etwas dabei erreicht." Er fragt: „Wie soll das funktionieren." „Du musst dir eben überlegen, wie du es schaffen kannst, dass dein Herrchen das macht, was du möchtest, das geht, glaube es uns", antwortet Struppi überzeugt. Plötzlich dreht der große Rüde seinen Kopf zu Lucys Hintern und erwähnt wissend, dabei lächelt er: „Du wirst wohl bald ein paar süße Babys bekommen, ach, bin ich euch neidisch." Lucy rollt ihre Augen und lästert: „Ich glaube, heute Abend bringen sie es in den Lokalnachrichten, dass ich Mutter werde, ich werde noch verrückt."

Plötzlich ertönt ein Schrei neben ihnen, das Herrchen von dem riesigen Hund schreit: „Du schnüffelst nicht an den billigen Promenadenmischungen herum, pfui, das sind doch alte Flohschleudern, mit so etwas geben wir uns nicht ab, das ist nichts für dich!" Das Herrchen schreit: „Weiter, weg von den wertlosen Viechern." Plötzlich schreit Lucys Herrchen das andere Herrchen an: „Wie nennst du unsere Hunde, Flohschleudern, das sagen sie nicht noch einmal, unsere Hunde sind sauber und wohlerzogen, wir können unsere Hunde ohne Leine laufen lassen, ohne dass etwas vorkommt." Der Mann schreit ungehalten zurück: „Trotzdem ist das kein Umgang für meinen Hund." Herrchen schaut ganz verdutzt drein und kann irgendwie nicht verstehen, was der Mann gerade von sich gegeben hat.

Der große Hund seufzt zu Lucy: „Kannst du mich jetzt verstehen." Sie antwortet verärgert: „Der gehört doch in eine Klapse, der hat doch nicht alle, mach einfach, was du machen willst, erziehe dein Herrchen, wir sehen uns bestimmt noch einmal und dann reden wir über dein Problem noch einmal."

Das Herrchen zieht mit einem festen Ruck seinen Hund weiter, aber der Rüde bleibt einfach stehen und riecht noch einmal an Lucys Hintern und jammert: „Ich möchte auch eine liebe Frau kennenlernen, Welpen bekommen, mit ihnen spielen, einfach eine Familie haben." Das Herrchen schreit seinen Hund an: „Geh von den minderwertigen Tieren weg und vor allem hast du da nichts zu suchen, das habe ich dir hundertmal gesagt, willst du nicht gehorchen, ein Hund wie du macht so etwas nicht, du bist etwas Besseres."

Danach nimmt das Herrchen die Leine so, damit er zuschlagen kann und schlägt sie dem Hund, voll in den Unterleib. Der Hund schreit vor Schmerzen. Daraufhin jammert er zu Struppi: „Warum schlägt er mir immer auf die Glocken, wir sind doch in keinem Sadomaso-Club?" Lucy und Struppi schreien das Herrchen wütend an: „Dir sollten die Kügelchen aus dem Leid gerissen werden und du solltest so lange geschlagen werden, dass du so etwas nie wieder tun wirst, du solltest nie einen Hund besitzen dürfen, du bist ein Tierquäler, ein Schwein!"

Struppis Frauchen schreit das andere Herrchen an: „Sie sind ein Tierquäler, ihnen sollte der Hund weggenommen werden, so etwas macht man nicht, ihnen sollte man auf der Stelle in die Eier treten, damit sie spüren, was für Schmerzen der Hund ertragen muss!" Der Herr brüllt zornig das Frauchen an: „Ich muss mir von ihnen nicht sagen lassen, wie ich meinen Hund zu erziehen habe, dass sie ihre minderwertigen Viecher nicht erziehen brauchen, das sieht man ihnen an und sie sind auch nicht besser, auf dem gleichen Niveau, als ihre unförmigen Hunde." Das Frauchen kontert: „Das muss ich mir von ihnen nicht bieten lassen, sie haben mich beleidigt, ich werde sie dafür anzeigen und dazu für ihre Tierquälerei!"

Lucys Herrchen hat das Handy in der Hand und ruft die Polizei an. Lucy schaut ihren großen Freund mitleidig an und bemerkt dabei, dass er am ganzen Körper zittert. Sie fragt ihn: „Hast du große Schmerzen?" Er gibt nicht gleich eine Antwort, daraufhin sagt sie zu ihm: „Du brauchst dich dafür nicht schämen, diese Schläge waren sehr gemein." Jetzt überwindet er sich und schluchzt: „Ich kann die Schmerzen fast nicht mehr aushalten, sie sind unerträglich."

Plötzlich sieht Struppi mit großem Entsetzen, dass der arme Hund dort zu bluten beginnt, er weist Lucy darauf hin. Sie sagt zu dem Hund: „Du blutest ja dort, das muss ja fürchterlich weh tun!" Struppi schreit Frauchen an: „Sie soll sich das einmal ansehen." Sie reagiert nicht, denn sie schreit dem Tierquäler ihre Meinung zu, dann zieht er an ihrer Hose und meint, sie soll sich das anschauen, daraufhin schaut sie zu dem Hund und sie sieht das Blut an seinem Geschlechtsteil, zuerst bekommt sie große Augen, dann erhöht sich der Atem und eine riesige Wut kommt ihn ihrem Körper hoch.

Daraufhin dreht sie sich zu ihm um und brüllt ihm zornig ins Gesicht, das kann ich nicht so stehen lassen, der Hund blutet an seinem Geschlechtsteil und er zittert vor Schmerzen am ganzen Körper, das werden sie büßen, ich hoffe, ihnen wird der Hund weggenommen. Der Mann schreit zurück: „Das geht ihnen gar nichts an, wie ich meinen Hund behandle." Sie faucht: „Schauen sie zu meinem Freund, er fordert Hilfe für ihren Hund an!"

Plötzlich rennt der Mann auf ihren Freund zu und schlägt ihm sein Handy aus der Hand und schreit ihn an: „Das geht euch gar nichts an, es ist mein Hund, mein Eigentum, mit ihm kann ich machen, was ich will!" Lucys Herrchen schreit zurück: „Hey, das ist mein Handy, ich kann damit anrufen, wen ich will und sie haben kein Recht meine Frau so einfach anzuschreien und unsere Hunde dürfen sie nicht beleidigen, sie haben mich richtig sauer gemacht."

Nach diesen Sätzen wird der aggressive Mann handgreiflich und stürzt sich auf Lucys Herrchen. Dieses Mal nimmt Frauchen ihr Handy in die Hand und sagt zu sich überzeugt: „Gut, dass ich es doch mitgenommen habe, ich wollte es eigentlich zu Hause lassen." Sie wählt den Notruf und schildert sofort, was vorgefallen war, das der Hund misshandelt worden ist und das der Mann gerade ihrem Freund das Handy aus der Hand geschlagen hat und ihn jetzt verprügelt.

Es kommt vom anderen Ende, es ist schon eine Streife unterwegs, den Anruf von ihrem Freund haben sie noch mitbekommen und den Schlag und Streit, dann war der Anruf unterbrochen.

Kurz darauf hören sie die Polizeisirene und ein Streifenwagen nähert sich ihnen schnell.

In panischer Angst löst sich der Mann schnell von seinem Opfer, rennt zu seinem Hund und zieht kräftig an seiner Leine und schreit ihn sehr genervt an, kommst du Mistvieh, deinetwegen habe ich jetzt den Ärger, komm wir müssen jetzt schleunigst verschwinden. Aber der Hund bewegt sich nicht, dann schlägt der Mann mit seinem Fuß noch einmal kräftig in den Bauch, dass der Hund jämmerlich und herzzerreißend schreit, er flucht vor sich hin, der Hund bewegt sich keinen Millimeter, dann rennt er schnell alleine davon.

Lucy schreit ihrem Freund zu: „Den schnappen wir uns, der kommt nicht so einfach davon!" Er ruft zurück: „Das wäre ja noch schöner, der gehört uns." Das braucht man Struppi nicht zweimal sagen, sofort rennt er hinter dem Bösewicht her, gefolgt von seiner Freundin, bellend und knurrend sind sie ihm auf den Fersen. Sie brauchen nur ein paar Meter und schon sind sie hinter ihm. Lucy schreit ihrem Freund hinterher, beiße ihn in den Fuß, egal wo, Hauptsache er bleibt stehen und gibt auf.

Der Streifenwagen bleibt kurz bei Frauchen und Herrchen stehen und schauen sich den Hund an, der inzwischen zusammengebrochen war und auf der Seite liegt, ein Polizist telefoniert sofort und holt Hilfe und steigt schnell ins Auto und folgt dem Übertäter.

Lucy und Struppi beißen dem Mann links und rechts in die Füße, sie schreit zu ihrem Freund: „Der blöde Kerl gibt nicht auf, er bleibt nicht stehen, beiße einfach fester zu, dann wird es schon klappen." Dann hören sie ein Auto schnell mit Polizeisirene näherkommen und plötzlich hören sie eine kräftige Männerstimme über einen Außenlautsprecher sagen, dass es keinen Zweck hat davonzurennen, sie finden ihn, egal wo er sich versteckt.

Daraufhin bleibt der Bösewicht stehen und lässt sich überreden in das Auto zu steigen. Eine Polizistin, die mit gefahren ist, sagt zu den beiden Hunden, ihr habt den Bösewicht gestellt und habt eurem Freund geholfen, dafür bekommt ihr bestimmt eine fette Belohnung. Lucy denkt sich, hoffentlich bekommen wir das wirklich, verdient hätten wir es?

Sie laufen langsam zu dem armen Hund zurück, Frauchen und Herrchen kümmern sich um ihn. Lucy und Struppi laufen sofort zu ihm und versuchen ihn aufzumuntern: „Jetzt kommen Leute, die werden sich dir annehmen und sich um dich kümmern, bald wird es dir besser gehen." Der Hund hebt müde seinen Kopf und haucht gepresst: „Danke, dass ihr mir geholfen habt, so wie ich euch das erste Mal angemacht habe, hätte ich eure Hilfe gar nicht verdient." Lucy erwidert ruhig: „Wir haben sofort bemerkt, dass mit deinem Herrchen etwas nicht stimmt."

Dann kommt die erwartete Hilfe, es ist eine bekannte Tierklinik, die Leute schauen unseren armen Freund genau an und sprechen sofort zu den Beamten, sie können es nicht glauben und verstehen, was dem armen Tier angetan wurde, der Mann müsste wegen schwerer Körperverletzung angeklagt werden, sie schütteln fassungslos den Kopf.

Danach schaffen sie den Hund vorsichtig in das Auto. Frauchen und Herrchen, so wie Lucy und Struppi gehen mit zum Auto und verabschieden sich. Frauchen fragt die Leute, ob sie den Hund besuchen dürfen. Ein Mann bemerkt: „Ich spüre, die Hunde sind seine Freunde und sie haben sich um den Hund rührend gekümmert, dann wünschen wir es sogar, denn der Hund soll wieder einen normalen sozialen Kontakt bekommen, damit sich der Hund erholen kann und hoffentlich keine bleibenden Schäden, wie die Psyche erleidet." Herrchen stimmt auch zu und bestätigt: „Wir kommen und besuchen unseren armen Patienten."

Ein Polizeibeamter erklärt: „Aber leider müssen sie erst uns besuchen, denn wir müssen noch ein Protokoll schreiben." Das Herrchen von dem großen Hund sitzt im Polizeifahrzeug und ruft Herrchen und Frauchen zu, wir haben noch ein Wörtchen miteinander zu reden, ich werde es euch noch zeigen, wer das sagen hat!

Herrchen ruft zurück, wir werden es dir zeigen, wer das letzte Wort hat, mein Anwalt wird alles für uns erledigen. Lucy und Struppi knurren sehr böse zu diesem Herrchen bei dieser Unterhaltung hinüber, sie können sich gar nicht mehr beruhigen, sie würden den Mann am liebsten noch einmal beißen.

Der böse Tierquäler schreit noch einmal zurück: „Eure komischen Promenadenmischungen werde ich mir auch noch zur Brust nehmen, so einfach lasse ich euch nicht davonkommen."

Dann schob ihn aber ein Polizeibeamter mit den Worten zurück in den Streifenwagen: „Zuerst nehmen wir sie zur Brust, so einfach lassen wir das nicht durchgehen, ich habe selbst einen Hund, das würde ich meinem Tier nie antun."

Danach machen sich die vier auf, endlich heim zu laufen. Unterwegs erklärt Herrchen, wir bringen unsere Lieblinge in die Wohnung, trinken noch einen Kaffee, den habe ich dringend nötig und danach fahren wir zur Polizei. Frauchen ist anderer Meinung: „An deiner Stelle würde ich erst meine Blessuren von dem Kampf von einem Arzt bestätigen lassen." „Keine schlechte Idee, dann machst du gleich einen Kaffee und ich rufe sofort bei meinem Arzt an", bestätigt Herrchen.

Lucy meckert natürlich, als sie das zu hören bekommt: „Dann liegen wir eine Ewigkeit gelangweilt wieder in unserem Körbchen herum." Struppi sagt daraufhin fröhlich: „Ich hätte da eine super Idee, wie wir unsere Zeit vertreiben können." Lucy antwortet schnell und böse: „Denke erst gar nicht daran, ich weiß, was du meinst, du denkst, ich bin blöde."

Bald sind die vier zu Hause angekommen, trinken hastig einen Kaffee und rauchen dazu eine schnelle Zigarette und sind 10 Minuten später verschwunden.

„Was ist das für ein langweiliger Tag, wäre uns der Tierquäler nicht über den Weg gelaufen, dann hätten wir bestimmt mit Frauchen und Herrchen einen schönen Tag verbracht", jammert Lucy. Struppi sagt niedergeschlagen: „Aber so hätten wir unserem großen Freund nie helfen können."

Lucy springt auf und ihre Stimme überschlägt sich: „Ich habe eine Idee, wie wir ihm weiter helfen können, wir müssen ihm ein gutes Herrchen vermitteln, das müssen wir schaffen." Struppi fragt: „Wie willst du das schaffen, ich weiß, was du denkst, der alte Sack von Schäferhund ist in der Nachbarschaft gestorben und Frauchen und Herrchen haben sich liebevoll um ihn gekümmert. Unser großer Freund ist noch jung, so wäre das für ihn ein ideales Heim, sie besitzen einen großen Garten und wir könnten uns jeden Tag treffen und miteinander spielen." Lucy erwidert fröhlich und lacht über ihr Gesicht: „Genau, du hast es erfasst, du bist doch nicht so blöd, wie du aussiehst, wir müssen einen Plan schmieden."

Struppi lacht: „Ich habe es, es ist ganz einfach, wir ziehen jeden Tag, wenn wir Gassi gehen, in die Richtung und wenn wir an diesem Haus vorbeilaufen, dann bellen wir und führen uns so laut wir können auf, dass die Familie uns hören muss, vielleicht verstehen Frauchen und Herrchen, was wir damit bezwecken wollen?"

Lucy antwortet fröhlich: „Ich hätte nicht gedacht, dass du auf so eine geniale Idee kommst, so machen wir es, wir fangen gleich heute damit an, umso schneller hat vielleicht der arme Hund eine neue Familie und wir einen neuen Freund, das ist genial." Struppi lacht: „Ich freue mich schon auf das nächste Gassi gehen." Lucy sagt jetzt gut gelaunt: „Komm ins Körbchen, ich will noch ein wenig kuscheln, aber nicht mehr, lasse bloß deine Schnauze von meinem Hintern." Die Hunde schlafen ein, sie liegen ganz entspannt im Körbchen und träumen, von ihrem guten Vorhaben.

Nach ein paar Stunden geht die Tür und Frauchen und Herrchen stürmen zur Tür herein und sie sprechen von dem Fall. Herrchen triumphiert, dass er nach dem Arztbesuch seinen Chef angerufen hat und sich krankschreiben ließ, das hatte ihm sein Arzt geraten und einen Anwalt stellt ihm sein Chef. Frauchen fügt hinzu: „Das hätte sie bestimmt mit ihrem Chef auch arrangieren können." Die beiden sind sehr gut gelaunt.

Lucy und Struppi hören genau zu. Frauchen redet weiter: „Ich finde, unser Arzt war sehr cool, dass ich auch krankgeschrieben wurde, weil ich nervlich angeschlagen bin, dann sind wir zusammen zu Hause und können uns mehr um die Hunde kümmern, das wird dem Tierquäler teuer zu stehen kommen."

Sofort fügt Herrchen hinzu: „Vor allem, dem Mann wird der Hund weggenommen, die Sache geht zu einem Staatsanwalt und der wird sich darum kümmern und bekommt eine Anklage wegen Tierquälerei, das ist auch sehr wichtig und dazu eine Anklage von uns!"

Frauchen fordert ihrem Freund auf, wenn wir schon so viel Zeit haben, dann werden wir die Hunde noch einmal an die Leine nehmen und hinausgehen. Lucy flüstert ihrem Freund zu: „Der Countdown läuft, vielleicht können wir unser Vorhaben sofort umsetzen, das wäre schön?"

Bevor Frauchen die Hunde zu sich gerufen hat, stehen die beiden schon da. Sie sagt verwundert: „Ihr seid heute aber schnell aus dem Körbchen, ihr habt anscheinend auf uns gewartet, na, dann gehen wir mit euch sofort hinaus."

Lucy kann es gar nicht erwarten, draußen zu sein, sie zieht sehr kräftig voraus und sofort in die Richtung, in der sie laufen will. Herrchen schreit zu ihr: „Nein, wir gehen doch immer da lang." Auch Struppi zieht sofort in die

Richtung, Frauchen erwidert lässig, ist doch
egal, wir sind in dieser Richtung schon lange
nicht mehr gelaufen, also gehen wir mal da hin
wo unsere Hunde hinlaufen wollen!

Lucy und Struppi ziehen buchstäblich ihre
Herrschaften wohin sie wollen, dass Frauchen
und Herrchen ihre Hunde immer wieder
bremsen müssen. Frauchen fragt immer wieder
ihren Freund: „Ich möchte wissen, was heute
mit unseren Hunden los ist, vor allem mit Lucy,
gestern hätte man meinen können, dass sie eine
Schlaftablette gefressen hat, heute könnte man
sich fragen, womit sie sich gedopt hat und
deswegen die Strecke in einer Rekordzeit laufen
will." Bald kommen sie an dem Haus an, Lucy
und Struppi stecken ihren Schädel durch die
Holzlatten des Zaunes und suchen mit ihren
Augen das Grundstück ab und sie haben Glück.

Sie erblicken das Ehepaar, sie arbeiten an
einem Blumenbeet. Sofort fangen die beiden
wie wild an zu bellen, sie führen sich auf, als
wenn sie von einer Wespe gestochen werden.
Tatsächlich dreht sich das Paar zu ihnen um und
sie schauen auf die wild gewordenen Hunde, sie
lachen und laufen zu ihnen. Der Herr fragt Lucy

und Struppi: „Was ist denn mit euch heute los, wollt ihr uns heute so freudig begrüßen." Die Hunde springen am Zaun hoch und wollen die beiden gebührend begrüßen und ihnen eigentlich auch etwas sagen.

Sie kennen sich natürlich schon sehr lange, die Hunde haben die Freundschaft gefestigt, deswegen begrüßen sie sich herzlich. Sofort jammert der andere Mann: „Es fehlt etwas im Haus und auf dem Grundstück."

Plötzlich kam Frauchen ein Verdacht auf und sie fragte sich laut: „Lucy und Struppi, was habt ihr beiden schon wieder ausgeheckt, darum wolltet ihr in diese Richtung laufen!"

Das andere Frauchen fragt sofort neugierig, warum wollten die beiden zu uns kommen? Das Frauchen erklärt lächelnd, das ist eine etwas längere Geschichte, kurz gesagt, sie wollen einem armen Freund helfen. Lucy und Struppi schauen das Paar ganz herzzerreißend und fragend an. Das andere Frauchen bittet sie hereinzukommen auf einen Kaffee und sagt lächelnd: „Jetzt habt ihr mich neugierig gemacht, ich will wissen, wen Lucy und Struppi helfen will, das muss schon ein ganz besonderer Hund sein."

Sie gehen mit dem netten Pärchen mit und sie werden gebeten auf einer schönen, mit Rosen umwachsenen Terrasse Platz zunehmen, schön ist es hier. Sie waren nicht das erste Mal hier, auch die Hunde kennen den Garten sehr genau, deswegen nimmt das andere Frauchen die Initiative und nimmt die Hunde von der Leine und sagt ihnen: „Ihr kennt euch aus, es wird Zeit, dass mal wieder ein Hund durch den Garten rennt, es ist ohne unseren Hund direkt langweilig geworden, es fehlt hier etwas."

Daraufhin meint ihr Herrchen, dann glaube ich, haben uns Lucy und Struppi zum richtigen Zeitpunkt hierhergeführt. Das andere Frauchen erklärt daraufhin: „Hunde sind nicht dumm, sie wissen genau was sie tun und sind sehr soziale Tiere, ich mache schnell ein paar Tassen Kaffee und dann will ich endlich die Geschichte hören, ich kann es gar nicht erwarten." Schnell ist die Frau verschwunden und ein paar Minuten später kommt sie mit ein paar großen Tassen Kaffee zurück und setzt sich zu ihnen. Lucy und Struppi laufen durch den Garten und schauen alles genau an, Struppi markiert dabei ein paar Sträucher.

Als Lucy die Frau aus dem Haus kommen sieht mit dem Kaffee, sagt sie zu ihm: „Sie kommt wieder aus dem Haus, jetzt wird es spannend, ich muss alles mit anhören." Struppi antwortet: „Da will ich auch dabei sein." Deswegen legen sich beide, direkt neben Frauchen und Herrchen auf den Boden und hören gespannt zu, als wenn sie alles verstehen würden und sie wissen genau, was am Tisch gesprochen wird. Lucy flüstert ihrem Struppi zu, jetzt geht es los!

Herrchen fängt an zu erzählen, was sich am Vortag vorgefallen war. Abwechselnd erzählen Frauchen und Herrchen die schrecklichen Geschehnisse. Das Pärchen hört gespannt zu, bis sie an diesem Punkt sind, wo Lucy und Struppi sie hierherführten.

Lucy flüstert Struppi zu, jetzt bin ich gespannt, was sie nach dieser Geschichte sagen werden, ich hoffe sie werden unserem Freund helfen. So wie ich sie kenne, werden sie es mit Sicherheit tun, flüstert Struppi zurück.

Sie trinken alle ihren Kaffee und das andere
Frauchen fragt: „Wir trinken doch noch eine
weitere Tasse Kaffee zusammen?" Alle nicken
und die Frau ist schnell in der Küche
verschwunden, nach ein paar Minuten erscheint
sie wieder mit frisch gebrühten Kaffee, aber sie
wirkt sehr nachdenklich. Auch ihrem Mann
sieht man an, dass er überlegt.

Als sie den Kaffee auf dem Tisch verteilt, fängt
sie an zu reden, ihr wisst, dass wir Hunde
mögen und sehr wahrscheinlich wieder einen zu
uns holen, eigentlich ist es sicher, unser alter
Hund fehlt uns einfach, nur sind wir nicht mehr
die Jüngsten, deswegen haben wir etwas
gezögert mit einem neuen Hund, man hat auch
dem Hund gegenüber ein
Verantwortungsgefühl, er muss gut versorgt
sein und es soll ihm gut gehen, unser Hund war
immer der Prinz im Haus!

Daraufhin fängt Herrchen an zu erklären:
„Dieser Hund ist kein Welpe mehr, ist bestimmt
stubenrein und gut erzogen, wahrscheinlich zu
gut erzogen, er ist bestimmt ein bis zwei Jahre
alt. Er ist sehr wahrscheinlich im besten Alter
und bestimmt sehr froh ein gutes zu Hause zu

bekommen." Die Frau schaut ihren Mann von der Seite an und er zurück, dann schlägt er vor: „Wir können den armen Patienten einmal besuchen und ihn mal begutachten, wie er so ist."

Lucy springt auf, bellt das Pärchen freudig an und springt sie vor Freude an. Die Frau versichert ihr: „Ja, wir werden ihn besuchen, deinen großen Freund." Struppi steht nur lächelnd da und wedelt mit seiner Rute.

Herrchen schlägt vor: „Da wir nicht in die Arbeit müssen, wollen wir ihn bald besuchen, wenn ihr wollt, könnt ihr gerne mitfahren." Das Pärchen schaut sich an und er nickt, das andere Frauchen sagt interessiert: „Schauen wir unseren großen Freund mal an, ob er wirklich so ein Prachtkerl ist." Frauchen erklärt: „Wir müssen dann mal weiter, mit den Hunden laufen und wir müssen noch einen anderen Besuch machen, zum Anwalt gehen."

Sie verabschieden sich und laufen mit den Hunden noch eine große Runde, Lucy und ihr Freund sind gut gelaunt, sie läuft heute ganz locker und sie sagt: „Struppi mein Schatz, du bist heute auch sehr gut gelaunt, ich merke, du bist heute wieder sehr fleißig, du markierst ein paar Grasbüschel mehr." Er lächelt: „Du hast recht, es macht heute richtig Spaß und hebt erneut sein Beinchen." Lucy lächelt und lästert: „Wenn ich heute du wäre, würde ich gleich auf drei Beinen laufen." Über diesen Satz muss selbst der Rüde lachen und versucht es tatsächlich und sagt daraufhin: „Es funktioniert, aber es ist sehr anstrengend." Lucy lästert dazu: „Es wäre für dich sehr arg, wenn du dich einmal anstrengen musst?" Er antwortet: „Das Markieren war für mich, als wäre ich einen Marathon gelaufen." Sie lästert weiter: „Armer Struppi, Hilfe, ich bin Sportler, ich muss mich setzen." Er kontert: „So müde bin ich auch nicht, ich werde es dir zeigen."

 Sie erwidert gut gelaunt: „Da musst du, aber großes Glück haben und sehr brav sein." Ich bin ein glücklicher Hund und immer sehr anständig, bestätigt der brave Struppi. Lucy schüttelt es vor Lachen, sie bekommt sich kaum mehr unter Kontrolle, sie schmeißt sich vor Lachen auf den Rücken und strampelt mit allen vier Füßen. Struppi steht vor ihr und schaut sie ganz entrüstet an und sagt kleinlaut, so schlimm bin ich auch nicht. Lucy stellt sich wieder hin und sagt lieb, du bist schon in Ordnung, aber du ein braver Hund, da muss ich wieder lachen, das ist schon der Hammer, aber einen totalen braven Hund würde ich auch nicht wollen, das wäre tödlich langweilig, bleib so wie du bist! Das kann Struppi nicht glauben, das von seiner Freundin zu hören, er steht ein paar Sekunden da und überlegt, dann läuft er springend und jubelnd weiter.

Frauchen sagt zu ihrem Freund: „Irgendetwas geht bei unseren Hunden vor, wenn ich nur wüsste was, ich würde sie fragen, wenn ich könnte?" Herrchen sagt lächelnd: „Das würdest du bestimmt tun, so neugierig wie du bist!"

Nach einer guten Stunde laufen, kommen sie zu Hause an. Die Hunde legen sich dieses Mal nicht ins Körbchen, sie machen es sich auf dem Wohnzimmersofa gemütlich. Herrchen meutert sofort, das ist nicht euer Platz. Frauchen winkt ab und meint: „Lass sie doch, sie machen doch nichts kaputt, sie fühlen sich dort wohl." Herrchen winkt ab: „Habt ihr großes Glück, dass Frauchen da ist, sonst hätte ich euch gleich ins Körbchen gejagt."

Lucy lästert: „Ich würde sagen, er hat großes Glück, dass Frauchen da ist, sonst hätte ich ihm, wenn er uns von diesem gemütlichen Fleck verjagt hätte, in die Glocken gebissen." Struppi schaut sie ganz entsetzt an und fragt: „Das hättest du wirklich getan." Sie antwortet sofort: „Da kennst du mich wirklich schlecht, so schnell lasse ich mich von einem gemütlichen Ort nicht vertreiben." Er murmelt leise vor sich hin: „Was kommt da noch auf mich zu?" Lucy kann es gerade noch verstehen und kann ihr Lachen nicht unterdrücken und erwidert: „Du liegst doch selbst auf dem Sofa, was soll dir dann passieren, die bist ein echter Vollpfosten."

Frauchen und Herrchen gehen in die Küche und trinken noch einen Kaffee und rauchen noch gemütlich eine Zigarette. Sie seufzt ihrem Freund zu, hoffentlich läuft es so, wie wir es uns vorgestellt haben und unser Anwalt ist wirklich so gut, wie sein Ruf! Herrchen antwortet sofort: „Bis jetzt hat er seine Sachen in der Arbeit immer mit Bravour erledigt, dann sollte man meinen, dass alles gut gehen wird. Wir werden es bald wissen, machen wir uns schön langsam auf den Weg."

Lucy muss natürlich wie immer lästern: „Diesmal langweilen wir uns auf der Couch, ich würde sagen, Herrchen schalte uns den Fernseher an, bringe ein paar Chips und mach für uns zwei Bier auf, dann könnt ihr so lange wegbleiben, wie ihr wollt!" Dieses Mal kann sich Struppi vor Lachen nicht mehr halten.

Frauchen sagt zu ihrem Freund: „Weißt du was, ich mache für die Hunde das Radio an, damit sie etwas Musik hören können, dann fühlen sie sich nicht so allein." Herrchen schnauzt daraufhin: „Du kannst ihnen gleich den Fernseher anmachen." Sie antwortet: „Das wäre gar keine schlechte Idee, vielleicht würde das ihnen gefallen, dann sind sie abgelenkt?" Er kontert: „Dann würde ich ihnen noch eine Tüte Chips bringen." Frauchen sagt gestresst: „Das ist eine gute Idee, ich bringe ihnen noch zwei Kauknochen, die sie so gerne mögen." Lucy triumphiert: „Das höre ich gerne." Frauchen übergibt ihnen das Leckere und ein paar Sekunden später, schaltet sie das Radio an und beide bekommen noch eine flüchtige Streicheleinheit.

Lucy lacht und mault dabei: „Jetzt könnt ihr verschwinden, aber die langweilige Musik hättet ihr nicht einschalten brauchen, es hätte schon ein Rock sein können, da schlafen mir alle vier Füße ein. Struppi erwähnt gelangweilt: „Ich brauche keine Musik, mir würde was anderes besser gefallen, damit können wir gut unsere Zeit vertreiben." Sie meckert genervt: „Dieser Hund hat kein bisschen Romantik, keinen Charme, kein bisschen Feingefühl, was eine echte Hundedame mag, er fällt immer mit der Tür ins Haus." Er sagt enttäuscht: „Habe ich nicht recht." Lucy lamentiert enttäuscht: „Nur, wie du es herüberbringst, ist nicht schön für eine Frau!" Dann berichtigt Struppi: „Du hast recht, ich sehe es ein und werde es mir merken, ich war so in meinem Element, dass ich meine gute Hundeschule vergessen habe." Lucy schaut ihn genervt an, als er das sagt und schüttelt den Kopf: „Was hast du für eine Hundeschule, keine, denn dort wärst du bestimmt fünfmal durchgefallen?"

Struppi steht auf und legt sich direkt neben sie hin." Sie fragt ihn: „Wer hat dir das erlaubt?" Struppi lacht: „Ich" Seine Freundin stellt fest: „Du hast wirklich kein Benehmen." Er

antwortet: „Habe ich noch nie besessen, das
kenne ich in solchen Situationen nicht."

 Der junge Rüde kann es nicht lassen, sofort
geht seine Schnauze an ihren Hintern und er
fängt zärtlich an sie zu lecken. Lucy faucht
daraufhin: „Dieser Hund nervt, ja Struppi du
darfst noch einmal, sei aber zärtlich zu mir,
wenn die Schwangerschaft fortgeschritten ist,
werde ich bestimmt nicht mehr mögen und
vielleicht ist es auch nicht mehr möglich?" Das
verliebte Hundepärchen gibt sich ungestört
ihrem Liebesspiel hin, dann legen sie sich auf
dem Sofa hin und kuscheln sich zusammen. Er
flüstert: „Es war sehr schön, besonders dieses
Mal auf dem Sofa, wenn das unser Herrchen
wüsste?" Sie meint: „Das Herrchen ist nicht
besser, als du, der gibt in dieser Angelegenheit
auch keine Ruhe."

 Struppi fragt: „Frauchen ist bestimmt auch
schwanger." Die Hündin antwortet: „Sie will es
nur noch nicht glauben." Er fragt weiter: „Wie
lange dauert es, bis unsere Hunde auf der Welt
sind?" Sie antwortet: „Es dauert ungefähr 58 bis
65 Tage." Der angehende Vater will wissen:
„Wie lange wird das noch sein." Sie antwortet:

„Das werden noch ungefähr sieben Wochen sein, mich wundert es nur, dass Frauchen es noch nicht bemerkt hat." Du wirst bestimmt noch unsere Kinder vor dem Frauchen bekommen, fragt er. Unser Frauchen hat eine viel längere Zeit, das Baby auszutragen, als wir Hunde, meint Lucy überzeugend. Struppi meint: „Das ist aber komisch, aber wir bekommen die viel schöneren und viel mehr Kinder." Lucy meckert daraufhin genervt: „Ich kann es bald nicht mehr hören, halt bitte deine Schnauze!"

Es dauert nicht mehr lange und die Haustüre wird aufgesperrt und Frauchen und Herrchen stürmen gut gelaunt ins Wohnzimmer herein. Frauchen geht sofort auf die Hunde zu, die immer noch bequem auf dem Sofa lümmeln und erzählt ihnen: „Dem gemeinen Tierquäler werden wir es zeigen, wir haben alles, was wir machen können in die Wege geleitet, der Anwalt wird von der Polizei die Akten anfordern und somit wird ihm das teuer zu stehen bekommen, so etwas wird er nie mehr tun, das wird er sich in Zukunft zweimal überlegen." Wie Lucy und Struppi das hören, grinsen sie über das gesamte Gesicht.

Kapitel 9

Lucy und die Tierklinik

Frauchen schaut Lucy genauer an und sagt plötzlich: „Lucy, du hast ein ganz schönes Bäuchlein." Dann schaut sie den Bauch genauer an und ruft erschrocken in den Raum: „Du wirst doch nicht schwanger sein?" Lucy grinst vor sich hin und antwortet sofort: „Doch, das bin ich, wie du auch, bald wird es nicht mehr so ruhig hier sein." Struppi ruft dazu: „Ich bin der Vater und werde mich um die Kleinen kümmern!" Frauchen murmelt jetzt vor sich hin: „Euch kann man auch nicht alleine lassen, sind das vielleicht Berliner Kinder?"

Frauchen ruft das Herrchen zu sich und erzählt: „Du kannst mit deiner Lucy gleich nächste Woche, wenn du schon zu Hause bist, mit ihr zu einem Tierarzt gehen, ich denke, Lucy bekommt Nachwuchs." Dann schaut Herrchen die Hunde ganz verwundert an und meint, es schaut so aus, dass du recht hast und danach schaut er Struppi ganz streng an und faucht ihm zu: „Struppi du bist eine Sau, du kannst es nicht lassen." Er antwortet sofort: „Wer ist hier wohl eine alte Drecksau, ich denke ich weiß, wer die größere Sau hier ist?" Lucy kann sich das Lachen nicht verkneifen und lästert: „Mein Freund, jetzt bekommst du dein Fett ab und das hast du verdient." Er kontert sofort: „Ich glaube, ich kenne da noch jemanden, der bald sein Fett abbekommt und das sehr bald." Lucy nickt mit dem Schädel und sagt überzeugt: „Da bin ich ausnahmsweise deiner Meinung und ich freue mich schon darauf."

Frauchen murmelt daraufhin vor sich hin: „Ich glaube, ich sollte auch mal einen Termin beim Frauenarzt machen?" Lucy springt vom Sofa und schlendert lässig zu ihrem Körbchen und ruft Struppi zu, der ihr natürlich folgt: „Ich hoffe, dass, mein Herrchen nicht gleich einen Termin beim Tierarzt macht, das hasse ich, ich mag nicht zu dem Metzger." Der junge Rüde ermutigt sie zu diesem Thema: „Dann müssen wir ihn dazu bringen, dass er mit dir zu einem anderen Arzt geht." Sie fragt resigniert: „Wie sollen wir das schaffen, das ist sehr schwierig, ich weiß nicht, wie wir das anstellen sollen." Er überlegt und schlägt vor: „Wenn Herrchen das Telefon in die Hand nimmt und den Metzger anrufen will, dann bellen wir so laut, dass er kein Gespräch führen kann!" Lucy sieht ihren Freund an und meint: „Du bist wirklich nicht so blöd wie du aussiehst."

Struppi lässt den Kopf hängen und sagt etwas beleidigt: „Das hast du nicht ernst gemeint, dass ich blöd ausschaue." Lucy antwortet: „Schau uns doch an, wir sind doch beide keine Models, aber wir wissen, wir gehören zusammen und verstehen uns, das ist doch das Wichtigste, oder nicht?" Jetzt lächelt er wieder und ist bestens gelaunt und gibt ihr einen lieben Kuss. Lucy fragt daraufhin: „Womit habe ich das verdient, solche Zärtlichkeiten, bin ich von dir gar nicht gewöhnt?" Er meint: „Ich versuche mich wirklich zu ändern?"

Herrchen schimpft vor sich: „Jetzt darf ich mit ihr zum Tierarzt gehen, das ist jedes Mal ein Vermögen?" Lucy hat gleich wieder ihr Maul auf: „Deine Gummis und deine blauen Tabletten wirst du dir dann schon noch leisten können, aber wahrscheinlich, wirst du diese Tablette die nächsten Monate nicht mehr so oft einsetzen können." Lucy lächelt bei diesen Worten sehr böse.

Frauchen belehrt ihn deswegen: „Du wirst
schon nicht gleich verhungern, das wird nicht
so viel kosten, er wird Lucy nur anschauen und
testen, ob sie wirklich schwanger ist, mehr nicht
und wenn es dir nicht gefällt, kannst du mit ihr
zu einem anderen Tierarzt gehen." Lucy hört
diese Worte und jubelt vor sich hin:
„Hoffentlich macht er das, sonst helfen wir
nach." Das Herrchen murmelt zu Lucy: „Lucy,
ich rufe an, aber wir fahren zum selben Tierarzt,
der kennt dich genau, das wird besser sein?"

Nach diesen Sätzen greift er zum Telefonhörer
und will sofort die Nummer wählen lassen.
Lucy schaut ganz entsetzt auf ihr Herrchen und
fängt im selben Moment hysterisch zu bellen
an. Struppi setzt im selben Moment ein.
Frauchen und Herrchen schauen fragend die
Hunde an. Danach kniet sich das Frauchen zu
Lucy hin und fragt sie: „Willst du einen anderen
Tierarzt haben, sollen wir wirklich zu einem
anderen gehen?"

Herrchen hat plötzlich eine Idee und sagt
fröhlich: „Wir wollen heute noch euren Freund
besuchen, vielleicht könnte ein Arzt von dieser
Klinik Lucy untersuchen, dafür sind sie doch

da." Frauchen ist überzeugt: „Dort ist bestimmt auch ein normales Sprechzimmer." Sie fragt daraufhin Lucy: „Sollen wir es dort einmal versuchen." Lucy freut sich und läuft zu ihr hin und kuschelt sich zu ihr hin und stöhnt: „Gott sei Dank, nur nicht dieser Metzger, ich kann ihn nicht einmal riechen und den sollte ich an mir herumpfuschen lassen, aber das wird endlich vorbei sein." Sie streichelt Lucy und spricht zu ihr: „Ich habe sofort gespürt, als ihr gebellt habt, dass du den Tierarzt nicht willst, jetzt wird alles gut, Lucy!"

Frauchen und Herrchen machen sich ein gutes Mittagessen und die Hunde erwarten natürlich, dass sie auch reichlich davon abbekommen. Als sie zu Tisch sind, sitzen die Hunde neben dem Frauchen und ihre Augen sind auf sie gerichtet.

Frauchen flüstert zu Struppi: „Ab heute musst du etwas länger warten, die junge Mutter bekommt zuerst und sie braucht etwas mehr zu fressen." Lucy bekommt reichlich, gut duftendes Fleisch und Struppi muss brav neben ihr warten. Er kann es nicht verstehen, dass er warten muss und noch nicht den kleinsten Happen abbekommen hat, er rutscht ganz nervös mit seinem Hintern auf seinem Platz herum. Er murmelt vor sich hin: „Ich verstehe nicht, dass ich warten muss, ich habe Hunger, ich habe auch etwas getan, ich habe die Kinder gezeugt und das ohne blaue Pille, vielleicht bin ich schwanger, ich habe einen Bauch, ich will genauso ein gutes Fleisch!"

Herrchen sieht, dass nur Lucy gefüttert wird und Struppis Augen immer größer werden, er kann ihn nicht mehr leiden sehen und ruft ihn zu sich und gibt ihm ein paar große Fleischstücke. Der hungrige Rüde schlingt sie, ohne zu kauen hinunter und schleckt sich gleich das Maul ab, so zu sagen, was ist, bekomme ich nicht mehr. Er hat großes Glück, denn Herrchen hat heute seinen sozialen Tag und teilt mit ihm sein ganzes Fleisch. Der Rüde bedankt sich herzlich für das gute Fressen, er schleckt liebevoll seine Hand ab und denkt sich dabei, hoffentlich bekommen wir noch so viel Fleisch ab, wenn die Babys da sind.

Danach trinken sie noch einen Espresso und rauchen dabei eine Zigarette. Daraufhin erwähnt Frauchen: „Wenn ich auch ein Baby bekomme, dann muss ich unbedingt das

Rauchen aufhören und stell dir mal vor, die ganzen Hundebabys und unser Baby, was hier dann los ist, das kann ich mir noch gar nicht verstellen?" Er nickt nur mit seinem Kopf. Sie sagt temperamentvoll: „Aber bis dahin haben wir noch viel Zeit, die wir noch genießen sollten, oder nicht?"

 Danach wählen sie die Nummer des anderen Pärchens und sagen ihnen, dass sie zur Tierklinik fahren, Lucy und Struppi nehmen sie natürlich mit. Kurze Zeit später holen sie die beiden ab und fahren direkt dort hin. Die zwei Pärchen laufen in die Klinik, die Hunde lassen sie im Auto zurück und fragen nach dem großen Hund. Die Ärzte wissen sofort, um welchen Patienten es sich handelt und begleiten sie zu ihm.

 Der große Patient liegt in einem Zimmer auf einer Matratze und als die Tür aufgeht, hebt er seinen Kopf und als er erkennt, wer da hereinkommt, springt er schnell auf und begrüßt den Besuch recht herzlich, er kann sich gar nicht mehr beruhigen. Der Arzt der sie zu ihm geführt hat, berichtet: „Das seine gemeinen Verletzungen seine Zeit brauchen zu verheilen,

aber er wird Glück haben, es werden keine
bleibenden Schäden bleiben." Herrchen sagt
daraufhin: „Dann sind wir beruhigt, das hätte
der Hund nicht verdient, er ist so gutmütig."
Der Arzt erwidert: „Ein ganz lieber, ruhiger und
geduldiger Patient."

 Das andere Pärchen erklärt, was sie eventuell
mit ihm vorhaben. Der Arzt sagt daraufhin:
„Wir sind darüber immer glücklich, wenn
solche lieben Hunde, zu einer guten Familie
kommen, sie werden das prüfen lassen und
wenn es möglich ist, in die Wege leiten." Sie
mussten ihre Personalien angeben, um alles
Weitere werden sie sich kümmern. Sie erklärten
noch, dass seine Freunde Lucy und Struppi
draußen im Auto warten und ob er sich noch
Lucy anschauen könnte, denn sie könnte in
anderen Umständen sein. Er meint fröhlich:
„Dann sollten sie Lucy in ein Sprechzimmer
bringen."

 Der Arzt zeigt ihnen das Sprechzimmer und
sagt lächelnd: „Dann bringen sie mal die
werdende Mutter, gleich hier herein." Frauchen
und Herrchen nehmen Lucy auf den Arm,
Struppi bellt sie noch an und sagt dabei: „Passt

gut auf sie auf, sonst beiße ich euch heute Nacht in den Allerwertesten." Er schaut ganz traurig ihr hinterher.

Herrchen stellt Lucy auf den Untersuchungstisch. Der Arzt lächelt vor sich hin und bestätigt: „Das schaut doch vielversprechend aus, sie könnte wirklich trächtig sein, so in der vierten, fünften Woche." Herrchen freut sich absolut nicht, denn er macht dabei ein sehr ernstes Gesicht. Frauchen unterdessen aber lacht und haucht lieb ihr zu: „Meine Hübsche, du bekommst wirklich kleine, süße Babys und der Vater wird bestimmt Struppi sein."

Der Arzt unternimmt noch ein paar weitere Untersuchungen und bestätigt, dass Lucy in anderen Umständen ist und sehr wahrscheinlich vier Hundebabys bekommen wird. Frauchen freut sich für Lucy, aber bei Herrchen blieb der Gesichtsausdruck sehr ernst. In Lucy kam jetzt große Freude auf und jubelt: „Ich werde mich auf meine Babys freuen, ich kann es kaum erwarten." Sie schleckt dem Arzt die Hand sehr lieb ab und fügt hinzu: „Du bist der erste Arzt, der sehr vorsichtig zu mir war, zu ihm müssen wir wieder gehen, den wird Struppi bestimmt auch mögen." Frauchen sah die Reaktion von ihr und flüstert ihrem Freund zu: „Hast du gesehen, den Arzt mag Lucy, nur in diese Klinik bringen wir unsere Hunde hin." Herrchen meint dazu: „Wenn der Preis stimmt, dann mag ich den Tierarzt auch, aber vier kleine Welpen in unserer Wohnung, das wird bestimmt nicht lustig."

Der Tierarzt stellt Lucy vorsichtig auf dem Boden ab, danach greift er in seine Manteltasche, holt ein feines Leckerli hervor und legt es in ihr offenes Maul und sagt zu ihr: „Damit bekommst du eine kleine Stärkung für dich und deine Babys." Sie denkt sich dabei: „Das ist wirklich ein feiner Arzt, von ihm bekomme ich noch was zu fressen, das ist mal ganz was anderes."

Herrchen bezahlt sofort die Rechnung und war sehr überrascht und spricht gut gelaunt zu seiner Freundin: „Das ist echt endlich eine normale Rechnung, die man bezahlen kann und Lucy mag auch lieber hierher, dann gibt es in Zukunft keine Diskussion mehr, welcher Tierarzt." Das andere Pärchen sagt zu diesem

Thema, wir haben jahrelang unseren Hund hier
behandeln lassen.

Der Tierarzt, hört das, dreht sich um und
überlegt kurz, daraufhin sagt er überrascht:
„Natürlich kennen wir uns, ich hab nur nicht
sofort gewusst, wo ich sie einordnen soll, sie
hatten doch einen Schäferhund und jetzt haben
sie keinen Hund?"

Das Pärchen nickt und der Arzt erklärt: „Weil
ich sie schon jahrelang kenne und weiß, dass sie
mit Hunden gut umgehen können, kann ich ein
gutes Wort für sie einlegen, dann werden sie
den Hund, bald mit nach Hause nehmen
können!" Das Gesicht des Pärchens erhellt sich
sichtlich und sie antworten: „Das wäre schön
für uns und sehr wahrscheinlich auch für den
armen Hund?"

Der Arzt lacht: „Nur weil ich euch kenne,
würde ich sagen, führen sie den Hund jeden
Tag ein bisschen aus, damit sie sich besser
kennenlernen, aber bitte noch nicht von der
Leine lassen, er darf noch nicht rennen und die
Verletzungen sind noch nicht ausgeheilt."

Der Arzt bringt den Hund zu ihnen und sagt: „Es ist wirklich ein Prachttier, ein sehr stolzer Dobermann." Lucy sagt sofort zu ihrem großen Freund: „Du brauchst wirklich keine Angst haben, das ist ein ganz liebes Pärchen, die passen gut auf dich auf", dabei begrüßen sie sich herzlich. Der Arzt sagt noch einmal: „Passen sie gut auf ihn auf!"

Sie holen Struppi aus dem Auto, er stürmt sofort auf Lucy zu und fragt: „Wie war es?" Lucy berichtet und sagt zum Abschluss, was wollen wir mehr, wir haben wieder etwas erreicht. Der große Freund fügt hinzu: „Ich bin auch hervorragend behandelt worden, wenn es sein muss, wie jetzt, möchte ich nur hierher."

Sofort machen sich die beiden Pärchen mit den drei Hunden auf, direkt an einem der Klinik angrenzenden Wald entlang zulaufen. Der große Freund erzählt seinen Freunden: „Dass er froh ist, endlich ein paar Minuten herauszukommen, das Personal ist zwar sehr freundlich und lieb zu ihm, aber er ist überwiegend nur eingesperrt und sehr viel alleine, das hat ihn sehr traurig gemacht."

Struppi kontert sofort: „Aber immer noch besser, als bei diesem Tierquäler zu sein."

Daraufhin gibt ihm der große Freund recht. Sie spricht gleich weiter: „Du musst einfach noch ein bisschen Geduld haben, dann wirst du bei einer lieben Familie leben und wie ein Pascha leben, wir werden uns öfters sehen und du wirst deine schlimme Zeit bald vergessen haben."

Der große Freund jammert: „Ich weiß nicht, ob ich das alles so einfach vergessen kann." Lucy spricht einfach weiter: „Du musst dir einfach Zeit geben, irgendwann wirst du nicht mehr so oft daran denken, du wirst nur noch an das schöne denken." Der große Freund antwortet etwas müde: „Ich hoffe, ihr habt recht."

Gemütlich laufen sie zusammen, dem Waldweg entlang, sie genießen die gute Luft und sie haben viel zu reden, auch Hunde haben viel zu besprechen. Lucy hat natürlich wieder ihre große Klappe auf. Sie versucht ihrem großen Freund viele gute Ratschläge zu geben, als wüsste sie über alles Bescheid. Sie meint auch: „Dass er seine neue Familie bestimmt nicht erziehen müsse, denn sie haben schon immer einen Hund besessen und sie wüssten genau, was du haben willst und brauchst, sie sind schon in der Rente, somit werden sie mit dir sehr viel hinausgehen und sie haben einen großen Garten, der dir ganz alleine gehören wird, auf dieses Grundstück bin ich dir sehr neidisch, denn wir haben keinen und wir verbringen die meiste Zeit in einer kleinen Wohnung."

Der große Freund hört Lucys Worte genau zu und seufzt niedergeschlagen: „Wenn ich bloß schon bei ihnen wäre und nicht in der scheiß Klinik, dann wäre mir viel wohler." Dann meldet sich Struppi zu Wort: „Vielleicht geht doch alles schneller, als du denkst und wohnst bald in unserer Nachbarschaft, sieh doch alles etwas positiver!"

Der große Freund fragt: „Darf ich dann euer Kindermädchen sein und auf eure Kleinen aufpassen, das würde mir gefallen, da hätte ich eine schöne Aufgabe?" Lucy lacht hinaus: „Das traust du dir zu, warum eigentlich nicht, das wäre bestimmt witzig." Struppi erwidert überzeugt: „Dann hätte ich auch mal eine Pause, das wäre schön, du brauchst nur zu uns zu kommen." Der Freund meint: „Oder zu mir, in den schönen großen Garten." Die werdende Mutter träumt: „Das wäre natürlich das Schönste, für meine Babys."

Endlich lächelt der große Freund und macht mit ihr aus: „Na also, so machen wir es, einmal zu mir, einmal zu euch, wo ist das Problem, aber das Größere habe ich noch, ich bin noch einige Tage hier." Struppi sagt voller Freude: „Aber nicht mehr lange, bald bist du in deinem richtigen zu Hause?" „Hoffentlich"? Erwidert er.

Nach einer längeren Zeit kehren sie um und laufen zurück zur Klinik. Jetzt will plötzlich kein Hund etwas sagen. Nur die Pärchen reden noch viel. Das andere Herrchen sagt plötzlich: „Es wäre schön, wenn wir diesen Hund bekommen würden, denn er gefällt mir, er ist schön, wirklich ruhig und ganz anständig." Seine Frau gibt ihm recht und fügt hinzu: „Es wäre echt schön, wenn das klappen würde, wenn wir ihn bekommen würden und er nicht zu dem Tierquäler zurückmuss?"

Lucys Herrchen meint daraufhin: „Ich denke, wir werden es sehr bald wissen und es wendet sich bestimmt alles zum Gutem." Frauchen meint: „Ich halte nur das Warten nicht aus, ich wünschte, es wäre schon morgen."

Struppi merkt man an, dass ihn doch eine Frage drückt, aber er traut sich nicht, aber irgendwann gibt er sich einen Ruck: „Mein großer Freund, ich habe mal eine Frage an dich, funktioniert da unten noch alles richtig, kannst du noch Kinder zeugen." Der Dobermann schaut ihn lächelnd an und meint: „Ich kann es ja bei dir oder Lucy ausprobieren." Lucy schreit: „Nein, bloß nicht, trau dich ja nicht, mir reicht es, dass ich von diesem Blödmann schwanger bin, Struppi wie kannst du so etwas fragen."

Er antwortet kleinlaut: „Ich war einfach nur neugierig, wie es ihm geht und ob alles wieder in Ordnung ist?" Der große Hund wurde jetzt ernst und erklärt: „Ein bisschen habe ich schon Probleme, beim Wasserlassen spüre ich noch ein leichtes brennen, wenn ich mich hinlege, schmerzt mein Bauch noch ein bisschen, aber es wird besser und der Arzt, so wie ich ihn

verstehe, meint, dass alles wieder verheilt und
ich noch eine Familie gründen kann."

Sie laufen gleichmäßig nebeneinander her und
reden zum Schluss des Spaziergangs wieder
angeregt weiter. Der große Freund lächelt
plötzlich wieder und erklärt: „Ich fühle mich
auf jeden Fall wieder viel besser und habe
langsam wieder Gefühle, ich würde sagen ich
werde richtig geil, Lucy versuchen wir es mal?"
Lucy schreit sofort hysterisch: „Nein, trau dich
ja nicht, ich will absolut nichts." Dann macht
der Große weiter: „Aber die nächsten Kinder
könnten wir doch machen, das werden
bestimmt sehr schöne Kinder und bestimmt
mindestens sechs Kinder." Lucy schreit jetzt
nur noch: „Nein, nein, nein, ich will von
weiteren Kindern nichts mehr hören."

Aber der Dobermann lächelt und hört nicht auf:
„Das wäre doch schade, so schöne Kinder, das
kannst du doch nicht ablehnen, eines klein,
eines groß, eines klein, eines groß, eines klein,
eines groß, das wäre doch eine schöne
Mischung." Lucy kann sich nicht mehr
beruhigen, sie schreit jetzt: „Wenn du jetzt nicht
aufhörst, dann wirst du eine viel längere Zeit in

der Klinik verbringen, dann beiße ich dir deine Glocken komplett ab, du wirst dann nie mehr Kinder zeugen können." Lucy ist jetzt sehr zornig und faucht: „Männer sind nur blöd, Schwanz gesteuerte Wesen, nur eines im Schädel, man kann mit ihnen nicht normal reden." Struppi ist beleidigt und schreit den Dobermann an: „An mich denkst du gar nicht, ich will mit ihr noch eine ganze Fußballmannschaft zeugen."

Lucy schreit weiter: „Hört bitte auf, ich will das nicht hören, sonst beiße ich euch beiden, das scheiß Gehänge ab, dann brauche ich kein Abendessen mehr, das wäre allerdings eine gute Diät, denn sie sollen angeblich sehr viel Eiweiß besitzen, dann müsst ihr euch auch zum Pinkeln hinsetzen." Der Große und Struppi schauen sich jetzt an und erwidern kein einziges Wort mehr, denn sie merken, Lucy ist sehr zornig und ist zu allem bereit.

Der große Hund entschuldigt sich jetzt für sein benehmen: „Ich wollte eigentlich nur Spaß machen, euch ein wenig hochnehmen, ich muss zugeben ich konnte endlich mal wieder lachen."

Lucy lacht jetzt ein wenig schelmisch und kontert: „Wenn es dir Spaß gemacht hat, dann ist es okay, aber ihr müsst es jetzt auch für gut finden, wenn ich jetzt die Glocken so lang ziehe, dass ihr sie als Schleppe nachziehen könnt." Die Augen von dem großen Hund werden immer größer und er schüttelt den Kopf und fragt: „Ich glaube, du hättest kein Problem in einem Sadomaso-Club zu arbeiten." Lucy antwortet: „Ich glaube, ich wäre die Beste, ich würde alle Herrschaften, die zu mir kämen, die Eier lang ziehen."

Struppi fragt entsetzt: „Würdest du das mit mir auch machen." Lucy meint daraufhin: „Ich würde bei dir anfangen." Er fragt: „Warum?" Du hast gerade in das gleiche Horn geblasen, wie dein Freund, schimpft Lucy. Struppi murmelt entschuldigend: „Ich wollte nicht, dass er mit dir Kinder macht, weil ich mit dir noch weitere Kinder zeugen will."

Lucy schimpft weiter: „Du denkst somit auch nur an das Eine, du bist eben ein echter Mauerpinkler, das hast du erzählt, mein Herrchen ist nicht besser, den habe ich schon beim Mauer pinkeln zu geschaut, er bräuchte

sich nur neben dir hinknien und einen Fuß
heben, dann könntet ihr euch die Pfote geben."
Ihr Freund will sich verteidigen und prahlt:
„Aber meine Mauer musste abgerissen
werden." Lucy lacht diesen Satz lauthals
heraus: „Ja wirklich, du bist schon ein
besonderer Spritzer!"

Er schaut seine Freundin entsetzt an und traut
sich nichts dagegen zu sagen. Der große
Dobermann lacht ihn aus: „Er ist halt ein
kleiner Mauerspritzer." Struppi kontert nur:
„Klein, aber fein."

Sie erreichen unterdessen die Klinik, die Zeit
ist wie im Flug vergangen. Der große Hund
lässt den Kopf hängen und lamentiert: „Es war
sehr schön, mit euch zu laufen, ich war endlich
mal wieder an der frischen Luft, ich habe
gespürt, dass ich am Leben bin und jetzt muss
ich da wieder rein." Lucy sagt aufmunternd:
„Wir kommen bestimmt morgen wieder."

Das zukünftige Herrchen streichelt den großen
Rüden und spricht ihn an: „Sei nicht traurig, wir
kommen morgen wieder und holen dich ein
wenig heraus, ich hoffe, dass wir dich bald mit

nach Hause nehmen können." Der Große
antwortet sofort: „Das ist wenigstens ein
Lichtblick." Lucys Herrchen fügt hinzu: „Wir
kommen auch mit, wir wollen mit Lucy und
Struppi viel laufen, solange wir zu Haus sein
können." Das andere Pärchen meint dazu:
„Aber dieses Mal fahren wir mit unserem Auto,
denn das wird unser Hund." Herrchen fügt
hinzu: „Dann fahren wir abwechselnd."

Der Tierarzt bringt den großen Hund zurück
auf sein Zimmer, er legt sich traurig auf seine
Matratze und denkt an die schöne Zukunft,
träumt von einem schönen Garten, jeden Tag
ein feines Fressen, sich täglich treffen mit Lucy
und Struppi mit ihren vier kleinen Welpen.

Dieser Traum nimmt kein Ende, immer wieder
sieht er andere schöne Dinge, er trifft endlich
eine schöne große Dobermann Frau und gründet
selbst eine große Familie, viele kleine, schöne
Dobermann Babys sind um ihn herum, die er
dann Struppi und Lucy vorstellt, der stolze
Dobermann ist in seinem Traum sehr glücklich
und die Nacht in der Klinik ist schnell
vergangen.

Nach dem Mittagessen fahren die beiden Pärchen wieder zu dem großen Patienten. Ganz ungeduldig wartet der große Rüde auf seinen Besuch, er hatte schon geglaubt, er wurde vergessen. Überschwänglich werden die beiden Pärchen von ihm empfangen, das andere Herrchen hat extra für ihn, ein ganz besonderes Leckerli mitgebracht, das dankend angenommen wird und schnell in seinem Maul verschwindet und er bedankt sich auf seine Weise.

Der Arzt erklärt: „Er hat sich erkundigt, dass die Sache mit der Tierquälerei schon bei der Staatsanwaltschaft ist und vielleicht mit einer schnellen Gerichtsverhandlung geregelt werden könnte, da so ein Vergehen heute kein Kavaliersdelikt mehr ist und so könnte es sein, dass der Hund sehr bald bei ihnen sein kann und er darf nie mehr ein Tier besitzen."

Dann machen sie zusammen einen großen Spaziergang, die Pärchen und die Hunde unterhalten sich sehr angeregt. Aber wie jeden Tag, kann es der große Freund nicht erwarten, endlich aus der Tierklinik entlassen zu werden.

Tag für Tag fahren die beiden Pärchen mit den Hunden zu der Tierklinik und machen mit dem Dobermann einen großen Spaziergang. Einige Wochen vergehen und nichts ist geschehen, sie haben noch keinen Brief bekommen, dass der Hund eine andere Familie bekommen kann, immer wieder fragen sie den Arzt, ob dieser etwas erfahren hat.

Nach einem Monat ungeduldigen warten, bekommt Herrchen einen Brief vom Gericht, sie müssen zu der erwarteten Verhandlung kommen. Die Gerichtsverhandlung dauert nicht sehr lange, schnell ist alles geregelt, denn der Angeklagte ist geständig und wird mit einer kleinen Bewährungsstrafe wegen Tierquälerei und einer empfindlichen Geldstrafe verurteilt. Er ist gut damit bedient, er muss für alle Kosten, die in der Tierklinik angefallen waren aufkommen, der Hund wird ihm allerdings weggenommen. Herrchen ist begeistert und jubelt überschwänglich, jetzt darf der Hund zu einer anderen Familie. Herrchen geht danach direkt zum Staatsanwalt und fragt ihn wegen dem Hund. Er erklärt schnell: „Wir werden umgehend die Tierklinik verständigen und ihr Freund kann somit morgen den Hund abholen."

Als Frauchen und Herrchen zu Hause sind, berichteten sie sofort ihren Hunden die große Freude. Lucy und Struppi freuen sich riesig für ihren großen Freund und sie jubelt: „Dann müssen wir gleich Gassi gehen und bei ihnen vorbeilaufen und die schöne Neuigkeit berichten und gleich morgen früh unseren Freund abholen." Frauchen und Herrchen haben den gleichen Gedanken und leinen ihre Hunde an und machen sich auf zu dem schönen Garten.

Das andere Pärchen erwartet sie schon und sie wissen, dass sie den Hund morgen abholen können, sie waren total aus dem Häuschen, sie können es gar nicht erwarten, am liebsten würden sie ihn sofort zu sich holen. Sie erzählen, dass sie einen Anruf von der Klinik bekamen, der Tierarzt wollte ihnen die freudige Nachricht persönlich übermitteln und er freut sich selbst auf das Wiedersehen.

Am nächsten Tag, ist das andere Pärchen schon am frühen Vormittag bei ihnen, Frauchen lacht vor sich hin und macht die Tür auf und bittet sie herein und fragt: „Ihr könnt es nicht erwarten, in die Klinik zu fahren, aber auf eine kleine

Tasse Kaffee wollt ihr doch nicht verzichten, denn ich habe meine Morgen Zigarette noch nicht geraucht und zum Kaffee brauche ich immer Eine, aber gleich danach machen wir uns auf den weg. Aber heute denke ich, müssen wir mit zwei Autos fahren." Beim Kaffee trinken, fragt Frauchen: „Habt ihr schon einen Namen für euren Hund?" Das andere Frauchen sagt voller Freude: „Nero würde zu ihm passen." Lucy sagt darauf sarkastisch: „Das würde wirklich zu dem geilen Bock passen."

 Daraufhin verlassen sie das Haus und fahren mit zwei Autos zur Klinik. Als sie angekommen sind, kommt ihnen der Tierarzt mit Nero entgegen, der sie schon mit freudigen Sprüngen empfängt. Das andere Herrchen nimmt das neue Familienmitglied sofort in den Arm. Nero kann sich gar nicht beruhigen. Sie laufen mit ihm eine kleine Runde und dann darf er hinten ins Auto springen, jetzt ist die Freude bei ihm sehr groß, denn er weiß, dass für ihn ein neuer Lebensabschnitt beginnt.

 Das Herrchen von Lucy geht noch einmal auf den Tierarzt zu und fragt: „Ob er es für nötig finden würde, Lucy noch einmal anzuschauen."

Der Tierarzt lacht und meint: „Wenn die junge Mutter schon hier ist, nachschauen schadet nie, es dauert auch nicht lange, bringen sie das Mädchen herein und stellen sie die kleine Dame sofort auf den Untersuchungstisch." Nero muss jetzt ein bisschen warten, bis seine Freundin fertig ist. Nero schimpft vor sich hin, das man immer auf die Weiber warten muss. Struppi faucht diesmal seinen Freund an: „Die paar Minuten kannst du dich gedulden, Lucy wird noch einmal wegen ihrer Kinder untersucht, das dauert nur ein paar Minuten."

Nach ein paar Minuten kommt Lucy zurück und strahlt über ihr ganzes Gesicht und flüstert zu ihrem Freund Struppi: „Wie ich es verstanden habe, ist alles Bestens." Dann rügt sie ein bisschen ihren Freund Nero: „Nero du wirst doch ein bisschen Geduld haben, meine Untersuchung muss sein." Nero sagt kleinlaut: „Ich weiß, du hast recht, aber trotzdem will ich hier weg und endlich mein neues zu Hause beziehen, ich entschuldige mich." Lucy lacht: „Nero ist ja gut, ich verstehe dich, besser gesagt wir verstehen uns beide, also ab zu deinem neuen Heim!"

Kapitel 10

Weitere neue Nachrichten und Neros Heim!

Als sie vor Neros neuer Heimat anhalten, jammert der große Hund ungeduldig im Auto, seine Neugierde plagt ihn bis auf äußerste. Als die Heckklappe des Autos geöffnet wird, springt er schnell aus dem Auto und seine großen Augen richten sich auf das Grundstück, er kann es nicht glauben, was er zu sehen bekommt. Lucy ruft zu ihm: „Na, haben wir zu viel versprochen." Nero antwortet überwältigt: „Nein überhaupt nicht, womit hab ich das verdient, ich hab mehr als genügend Platz." Sein Frauchen umarmt ihn am Kopf und zeigt mit einer Hand in den Garten und sagt ganz laut: „Da schau Nero, das ist dein Garten, hier kannst du dich jetzt mit deinen neuen Freunden austoben." Nero ist sprachlos, seine Augen glänzen vor Freude, er kann sein Glück noch nicht begreifen.

Herrchen sperrt schnell die Gartentüre auf und bittet alle hereinzukommen. Frauchen und Herrchen wollen eigentlich zu sich nach Hause fahren. Aber diesmal sagt die Frau: „Auf einen Kaffee hat man immer Zeit und die Hunde wollen sich auch mal zusammen austoben."

Nero weiß gar nicht, wo er zuerst hinrennen soll, aber Struppi kennt sich genau aus und erzählt und zeigt ihm alles. Lucy will sich nur ein ruhiges Plätzchen suchen, ihre Kinder sind für sie sehr schwer geworden, sie auf ihren kurzen Beinen den ganzen Tag herumschleppen, das ist für die kleine Mutter sehr strapaziös. Sie legt sich neben Frauchens Stuhl und schnauft beim Hinlegen tief aus. Frauchen hört das und sagt: „Arme Lucy, es ist für dich ganz schön schwer geworden, du hast recht, ruhe dich ein wenig aus. Morgen werde ich mal zu meinem Arzt gehen."

Sofort hört die andere Frau das und fragt: „Könnte es sein, das ihr auch Nachwuchs bekommt, blass genug bist du ja." Sie gibt gleich eine Antwort: „Möglich wäre es, aber ich weiß es nicht." Die Frau sagt warnend: „Dann solltest du mit dem Rauchen aufhören und auf

Alkohol in Zukunft verzichten." Sie lacht und
sagt: „Aber erst gehe ich morgen zum
Frauenarzt und wenn er das bestätigt, dann höre
ich auf und mein Freund hat versprochen, dass
er mitmacht." Die Frau meint: „Das sind ja
große Worte, da bin ich gespannt, ob ihr das
wirklich zusammen durchhält." Struppi und
Nero spielen im Garten ununterbrochen, sie
wollen gar nicht aufhören zu rennen. Nero ist
überglücklich.

 Frauchen und Herrchen bleiben doch länger bei
ihnen sitzen, sie wollen das Spielen der Hunde
nicht gleich am ersten Tag unterbrechen. Erst
am späten Abend brechen sie auf und fahren
nach Hause. Lucy meutert schon die ganze Zeit:
„Die beiden Rüden können den ganzen
Nachmittag herumtollen und ich habe schwere
Gewichte im Bauch, ich trage ein ganzes
Fitnesscenter den kompletten Tag herum."
Frauchen tröstet die arme Lucy immer wieder,
den sie bemerkt, wie sie sich schwertut.

 Zu Hause frisst Lucy schnell und legt sich
sofort ins Körbchen und ruht sich aus. Struppi
kann das nicht verstehen und bellt sie an: „Was
ist los, willst du nur noch schlafen." Frauchen

sieht das und nimmt ihren Rüden auf ihren
Schoß hoch und spricht zu ihm: „Lucy kann das
nicht mehr, die vielen Kinder sind schwer und
kosten viel Kraft, sie braucht jetzt viel länger
ihre Ruhe, damit sie sich wieder erholen kann."
Sie glaubt, dass er es begriffen hat und lässt ihn
wieder zurück auf den Boden. Danach legt er
sich neben Lucy ins Körbchen und den ganzen
Abend ist in der Wohnung Ruhe eingekehrt.

Gleich am frühen Morgen, macht sich
Frauchen fertig zum Frauenarzt zu fahren, sie
ist ganz nervös, sie raucht gleich zwei
Zigaretten nach einander zu ihrem Kaffee.
Danach macht sie sich, auf den Weg. Herrchen
begleitet sie mit gemischten Gefühlen.

Als sie nach einer längeren Zeit
zurückkommen, waren Herrchen und Frauchen
ganz aus dem Häuschen. Sie stürmt sofort auf
ihre Hunde zu, die es sich auf der Couch
gemütlich gemacht haben und erzählt ihnen die
Neuigkeit. Sie bekommt auch ein Kind.
Herrchen ist noch nicht ganz begeistert, denn er
weiß, dass Leben in die Bude kommt, er spürt,
dass es einige drastische Veränderungen geben

muss. Zuerst bekommt Lucy Nachwuchs und später bekommt seine Freundin Nachwuchs.

Natürlich muss Lucy wieder ihren Senf dazugeben: „Siehst du Struppi, habe ich es nicht gewusst, dass Frauchen schwanger ist, das wird lustig, das kannst du mir glauben."

Jetzt kommt Herrchen mit der Wahrheit heraus, die ihn bedrückt: „Ich freue mich wahnsinnig, dass wir Nachwuchs bekommen, aber damit haben wir auch noch weitere Probleme bekommen." Frauchen fragt: „Welche großen Probleme bekommen wir?" Er antwortet sofort: „Lucy bekommt auch vier Babys, wir sind nicht verheiratet, wir brauchen eine größere Wohnung, du musst deine Arbeit unterbrechen und wer weiß, was sonst noch auf uns zu kommt." Frauchen möchte die Probleme ein wenig herunterspielen und beschwichtigt: „Wir müssen doch nicht gleich alles auf einmal bewältigen, eines nach dem Anderen."

Dann überlegt Herrchen und wird sehr ernst und stellt sich direkt vor seine Freundin hin und fragt: „Willst du überhaupt meine Frau werden?" Sie lacht und schreit laut hinaus:

„Natürlich, will ich deine Frau werden!" Sie küssen sich sehr lange und fügt noch hinzu: „Mein Kind braucht einen guten Vater, schaffst du das?" Er sagt daraufhin: „Ich weiß es nicht, ich werde mir auf jeden Fall große Mühe geben?"

Daraufhin erklärt Frauchen: „Schau, unser Kind wird noch einige Monate in meinem Bauch verbringen, somit haben wir viel Zeit, einiges zu verändern, zum Beispiel, können wir zuerst im Standesamt heiraten, wenn das Kind auf der Welt ist, können wir in aller Ruhe die kirchliche Trauung nachholen. Eine größere Wohnung brauchen wir auch nicht sofort, aber umschauen und umhören könnte auch nicht schaden." Jetzt erhellt sich das Gesicht vom Herrchen wieder und ein Lächeln ist auf seinen Lippen, er schlägt vor: „Dann würde ich sagen, dass wir ganz gemütlich mit den Hunden hinausgehen."

Lucy bellt sofort: „Ich zeige in welche Richtung wir gehen, zu Nero, dort habe ich vor Struppi meine Ruhe und kann mich gemütlich neben Frauchens Stuhl legen, das wäre schön." Genau diese Richtung schlagen sie ein und wie es zu erwarten war, Nero wartet schon am Zaun und begrüßt sie mit großer Freude. Er wartet ungeduldig am Tor, bis sein Frauchen die Tür aufsperrt und bittet sie herein: „Ihr werdet doch nicht so einfach bei uns vorbeigehen, für eine Tasse Kaffee hat man immer Zeit und danach gehen wir mit Nero mit."

Ein paar Minuten später sitzen sie zusammen auf der Terrasse, trinken einen Kaffee und beginnen eine schöne Unterhaltung. Natürlich muss Frauchen die Neuigkeiten erzählen. Das andere Frauchen sagt daraufhin: „Das ist eine gute Nachricht, du bist noch eine junge Mutter und dann auch noch nicht alt, wenn dein Kind im Erwachsenen alter ist, das finde ich ideal."

Herrchen fügt hinzu: „Ein Baby, zwei Hunde und vier Welpen, da wird unsere Wohnung zu klein werden und es wird jetzt sehr schwer werden, das passende zu finden." Das andere Herrchen beruhigt: „Vielleicht kann ich euch dabei helfen, unser Nachbar ist das Haus zu groß geworden, er ist alt geworden und kann die anfallenden Arbeiten nicht mehr so einfach bewältigen. Er will in ein betreutes Wohnen ziehen." Sie hören sich das gespannt an und sagen: „Wir wissen noch gar nicht, ob wir uns das leisten können."

Das andere Herrchen erklärt: „Wenn ihr dazu Fragen habt, ich kann euch dabei mit Sicherheit helfen, denn ich war einmal Finanzberater und habe auch gute Beziehungen." Das Frauchen erwidert neugierig: „Das hört sich doch interessant an." Der Mann meint: „Ich sehe ihn jeden Tag im Garten, dann frage ich mal nach, was das Haus kosten würde, ihr müsst es mal genauer anschauen, er hat immer alles sehr gewissenhaft gerichtet und alles erneuert, ihr müsst mit Sicherheit kaum Geld hineinstecken." Frauchen erklärt: „Wenn wir wissen, was es kostet, dann werden wir die Möglichkeit überlegen und durchrechnen." Das andere Frauchen beruhigt: „Wir haben früher auch klein angefangen und heute ist das Haus schon lange abbezahlt."

Dann trinken sie ihren Kaffee aus und sie leinen ihre Hunde an, auch Nero wird angeleint. Sie laufen zusammen den Weg, den sie sonst immer laufen. Dabei unterhalten sie sich über den Tierquäler. Herrchen träumt laut: „Es wäre schön, wenn wir ein gutes Schmerzensgeld bekommen würden, mit unserem Ersparten, wäre es vielleicht ein gutes Grundkapital für eine Finanzierung?" Frauchen berichtigt vorsichtig: „Wir wissen noch gar nicht, was es kostet?" Neros Herrchen meint: „Aber bald!"

Als sie bald zu Hause ankommen, machen sie den Briefkasten auf und ein Brief vom Gericht ist darin. Sofort holt er ihn heraus und zeigt ihn seiner Freundin. Sie jubelt neugierig, den müssen wir gleich aufmachen und lesen. Sie nimmt den Brief sofort an sich und sie stürmen in die Wohnung und öffnen sofort den Brief. Frauchen liest den Brief sofort laut vor.

Herrchen bestätigt daraufhin: „Die Verhandlung ist ja schon sehr bald, dann muss ich unseren Anwalt anrufen." Frauchen schaut auf ihre Hunde, die dastehen und sie anschauen, so zusagen was ist mit uns, wer kümmert sich jetzt um uns. Sie befiehlt: „Erst müssen die Hunde versorgt werden und du kannst den Anwalt anrufen." Das erledigt er sofort und bekommt sehr bald einen Termin, um alles zu besprechen, für die Verhandlung.

Lucy flüstert dann zu Struppi: „Jetzt geht es dem Tierquäler richtig an den Kragen, das müssen wir morgen Nero erzählen."

Am nächsten Morgen gehen sie wieder am Grundstück vorbei und Nero schreit von weitem, wo bleibt ihr denn, ich war schon lange draußen? Lucy lästert sofort: „Das haben wir schon überall gerochen, deine Verunreinigungen stinken zum Himmel, das ist nicht auszuhalten, ich hätte mich fast übergeben." Nero schaut Lucy ganz verwirrt an und fragt: „Wirklich, ist es so schlimm, Herrchen macht doch alles weg und nimmt es mit." Struppi lacht und beruhigt ihn: „Lass dich doch von ihr nicht auf den Arm nehmen." Lucy erzählt ihrem Freund Nero von dem Brief. Dabei schaut Nero sehr traurig und lamentiert: „Ich will das alles nicht mehr wissen, ich will von dem Typen nichts mehr hören."

Neros Herrchen führt gerade mit dem Mann nebenan eine Unterhaltung, er winkt sofort Frauchen und Herrchen zu sich und stellt sie untereinander vor, danach unterhalten sie sich über seinen schönen Besitz. Der Mann sagt ihnen den Preis des Hauses mit Grundstück.

Herrchen fragt sofort: „Da können wir bestimmt noch etwas machen." Der Mann erklärt: „Wenn ihr mich beim Auszug nicht hetzt, dann kann ich noch ein wenig nachgeben." Frauchen bejaht: „Das machen wir, das Angebot nehmen wir an." Herrchen bestätigt: „Jetzt haben wir schon die erste Hürde hinter uns."

Jeden Tag laufen sie bei ihrem Freund Nero vorbei und natürlich werfen sie einen Blick auf ihr zukünftiges Haus, einmal haben sie es genauer begutachtet, sie waren alle begeistert, auch Lucy schwärmt vor sich hin: „Meine Kinder können in einem großen Garten aufwachsen, das ist herrlich, wir können immer hinaus, wann wir wollen, von so etwas habe ich immer geträumt, Struppi ich kann es gar nicht glauben, zwick mich, das ich von diesem Traum aufwache." Er witzelt daraufhin: „Ich mache mit dir ganz was anderes." Lucy faucht zurück: „Davon kannst du träumen!"

Jede Nacht träumt Lucy von ihrem zukünftigen zu Hause, sie sieht ihre Welpen schon im Garten herumtoben. Sie würde am liebsten, wenn sie könnte sofort umziehen, aber

Frauchen und Herrchen haben in dieser
Angelegenheit noch einiges zu klären.

Aber als Erstes müssen sie zu der
Gerichtsverhandlung. Als es so weit war, gehen
Frauchen und Herrchen gut gelaunt außer Haus.
Lucy und Struppi waren einige Stunden alleine,
Lucy schimpft vor sich hin: „Was soll bei dieser
Gerichtsverhandlung so lange dauern, es ist
doch alles klar, wenn er Frauchen und Herrchen
angreift, dann muss er verurteilt werden und das
nicht zu knapp." Struppi erklärt: „Glaube mir,
das dauert, die quatschen, nur blödes Zeug
herum und drehen jedes Wort zweimal um."
Wenn ich was zu sagen hätte, wäre die
Verhandlung in einer Minute aus, antwortet
Lucy.

Aber dann hören sie sehr bald bekannte
Geräusche an der Eingangstüre und Frauchen
und Herrchen stürmen lachend und glücklich
zur Tür herein. Frauchen erzählt ihnen: „Wir
haben gewonnen auf der ganzen Linie, der
Tierquäler muss viel Geld an uns zahlen und er
legt keine Berufung ein. Da die Verhandlung
schnell aus war, sind wir gleich noch zu unserer
Bank gefahren und haben uns eine Finanzierung

ausrechnen lassen und wir können berichten, auch das passt alles. Danach sind wir ins Standesamt und haben einen Termin für unsere Hochzeit gemacht." Lucy schaut sie an und fragt sich: „Und das soll alles so lange gedauert haben?"

Frauchen schnauft tief durch und zählt laut auf: „Wir haben das mit dem Tierquäler hinter uns, brauchen nur auf das Geld warten, wir haben die Finanzierung für das Haus abgeschlossen, wir brauchen nur noch einen Notar-Termin und dann nur noch umziehen und heiraten, das ist alles!" Struppi fragt seine Freundin leise: „Sind wir dann auch verheiratet." Sie verdreht ihre Augen und bestätigt: „Wenn du willst, dann sind wir auch verheiratet." Er schreit laut: „Super, dann kann uns nichts mehr trennen." Lucy lamentiert vor sich hin: „Was habe ich für einen Mann, der ist wirklich ein richtiger Blödmann?"

Herrchen sagt daraufhin: „Wenn wir alles top geregelt haben, dann machen wir uns einen richtigen schönen Abend." Frauchen antwortet etwas genervt: „Schönen Abend, du willst nur das Eine und das nennst du schön." Frauchen

erzählt weiter, dass sie wegen ihrem Hund beim
Tierarzt war, weil er Lucy einfach nicht in Ruhe
lassen will, so hat er empfohlen, dass er eine
Tablette bekommen soll, so ist Struppi eine
gewisse Zeit chemisch kastriert und die junge
Mutter hat für ein gutes halbes Jahr ihre Ruhe.
Sie meint schelmisch, das sollte ich mit dir auch
machen. Das Herrchen kontert: „Trau dich!"
Frauchen fragt: „Hast du eine Tablette für heute
Abend, das du auch wirklich kannst." Er meint,
ich habe immer welche zu Hause. Herrchen
meint: „Zur Feier des Tages, gehen wir noch
schön Essen." Frauchen meint: „Bin schon
überredet." Lucy meutert daraufhin: „Die gehen
bestimmt wieder dahin, wo es nichts
Vernünftiges zu fressen gibt." Struppi lacht
daraufhin.

Aber sie lassen ausnahmsweise, die beiden zu
Hause und meinen, sie werden schnell wieder
bei ihnen sein. Lucy mault frech: „Ihr wollt nur
schnell in der Kiste sein." Struppi fragt: „Was
machen wir unterdessen?" Sie seufzt: „Ich kann
nur noch kuscheln." Er jammert: „Ich würde
aber so gern mit dir." Lucy faucht genervt:
„Klemm ihn dir irgendwo ein, aber lass mich in

Ruhe, ich kann wirklich nicht mehr, die Kinder belasten mich sehr."

Frauchen und Herrchen kommen wirklich sehr bald wieder nach Hause, sie können es gar nicht erwarten ins Bett zu kommen. Die ersten Kleidungsstücke fallen schon im Wohnzimmer. Sie fragt, brauchst du eine Tablette, wenn dann nimm sie lieber gleich? Herrchen sagt daraufhin: „Ich habe schon eine in der Küche bereitgelegt." Er stürmt sofort in den Wohnbereich, macht den Kühlschrank auf und greift sich ein Bier, öffnet es und macht einen tiefen Schluck mit einem kleinen Ding. Plötzlich sagt Herrchen: „Ich habe doch eine Tablette genommen, wieso liegt da immer noch eine Blaue herum?" Ich habe Struppis Tablette dort abgelegt und die ist, glaube ich, grün, erklärt fröhlich Frauchen.

Herrchen schreit verzweifelt: „Dann habe ich womöglich, die Falsche eingenommen?" Frauchen meint dazu: „Ich denke, dann bist du jetzt für ein gutes halbes Jahr chemisch kastriert." Herrchen schreit verzweifelt zurück: „Nein, das darf nicht wahr sein." Frauchen meint daraufhin: „Dann geh besser noch einmal mit den Hunden hinaus, schön dann habe ich meine Ruhe und kann meine Sendungen anschauen.“

Schlusswort:

Wie es mit dieser Hundefamilie weitergeht, kann man sich gut vorstellen, es wird immer ein Chaos geben, es wird immer etwas vorfallen. Lucy wird in jeder Situation etwas zu meutern haben. Frauchen denkt sich nach diesem Vorfall: „Vielleicht sollte ich solche Tabletten immer auf Vorrat zu Hause haben, könnte bestimmt nicht schaden?“